洋眼看中国

All that's about Beijing

北京那些事儿

〔日〕奥野信太郎 著

王新民 林美辰 译

上海三联书店

奥野信太郎

北京时期的奥野先生

（代序）

直江广治[①]

　　奥野先生任北京辅仁大学文学院日语文学系客座教授，是昭和十九年（1944）九月的事情。中国采用的是美国学制，新学年是从九月开始的。当时，日语系的学生升入了三年级，为了强化日语师资力量，辅仁大学便从庆应义塾大学[②]聘请了奥野先生，讲授"日中比较文学"课程，合同期限为一年。讲授中世纪文学课程的风卷景次郎[③]先生也一同赴任。当时，日语系的主任是细井次郎[④]教授。日

① 直江广治（1917—1994）：日本民俗学者，筑波大学名誉教授。1941年毕业于东京文理科大学，1942年任北京辅仁大学讲师，1962年获东京教育大学文学博士学位。1966年获得日本"柳田国男文学奖"。
② 庆应义塾大学：日本历史最悠久的私立综合性高等教育机构，以位于东京都中心的三田校区为主校区。
③ 风卷景次郎（1902—1960）：日本文学家。1944年任北京辅仁大学教授，后任北京大学教授。
④ 细井次郎（1897—？）：东京帝国大学教育学专业毕业。曾任北京辅仁大学教授、副校长等职。

语系一共聘有日本教员六人，我与川添达人①最年轻，任专职讲师。

辅仁大学的建筑物中西合璧，校园别具风韵。走进学校的大门，迎面的楼房顶上，竖着一尊青瓷制作的十字架。校园的后面是修道院，神父们都住在那里。辅仁大学是由罗马教皇直接管辖的天主教大学，所以，大学里教职人员的面孔可谓多姿多彩，教员休息室简直就是一处人种展览馆。按照学校的惯例，教师们在上课之前要先进教员休息室坐一会儿，喝点热茶，彼此寒暄、闲聊一会儿。陈垣②先生也常常从二楼的校长室下来，参与大家的谈话。教员休息室里常常会聚集十多个国家的人，教员之间一般是用汉语或者英语交谈。由于当时的国际形势十分微妙，有些话题特别敏感，所以，我们在闲聊的时候，除了学问，其他一概不谈。就是在这样的氛围里，我们迎来了奥野先生。校方对奥野先生十分重视，这一点，从陈垣校长指派自己的爱徒刘小姐给奥野当专职助手这件事情上，我们也能有所领悟。

奥野先生住在什刹后海的湖边，雇用了厨艺高超的厨子桂夫妇。厨子桂夫妇平时就住在奥野家的门房里，帮忙打理日常事务。他的寓所叫"池上草堂"。听他说，这个名字还是辅仁大学的同事孙楷第③教授给起的。孙先生是著名学者，在小说、戏剧研究方面成

---

① 川添达人（1916—1993）：日本民俗学研究家。毕业于早稻田大学。曾任北京辅仁大学讲师等职，教授"日本现代戏曲选读"等课程。

② 陈垣（1880—1971）：字援庵，广州人。中国杰出的历史学家、宗教史学家、教育家。历任辅仁大学、北京师范大学校长，燕京大学"哈佛燕京学社"首任社长。与钱穆、吕思勉、陈寅恪并称"史学四大家"。

③ 孙楷第（1898—1986）：字子书，古典文学研究专家、敦煌学专家、戏曲理论家，教授。抗战胜利后，历任北京大学、燕京大学教授。

就卓越，被誉为中国学界的"第一人"。他与奥野先生关系密切，可以说是无话不谈的好朋友。奥野曾经写过一篇题为《池上草堂》的随笔文章，详细叙述了他与孙先生的深厚友情。

从"池上草堂"步行去学校，大约只需要七八分钟时间。而我与川添君加上雇佣的老妈子，就住在他去学校途中的大学公寓里。所以，奥野先生与我们之间的交往也很频繁。

世事茫茫。如今回忆起来，许多往事都已在岁月的烟尘里被淡忘，可任教辅仁的那段经历，奥野先生领着我们四处跑戏院看京剧、走街串巷品尝古都美食的情景，却是终生难忘的。对于奥野先生来说，来北京是故地重游，大街小巷他都了如指掌。他领我们去得最多的，还要数什刹后海北边的"烤肉季"饭馆。在东京，这种吃食被称为"成吉思汗料理"。据奥野先生说，"烤肉季"烤羊肉所使用的铁板，都是具有百年以上历史的老古董。客人们亲自动手，将涂抹了他家自制调味料的牛羊肉放在铁板上烤，一只脚立在地上，一只脚踩在圆凳子上（据说这种姿势能够吃得更多），边烤边吃。"烤肉季"的东邻便是"集香居"老酒馆，是京城颇负盛名的酒家，我们也经常去那里欢聚，推杯换盏，好不开心。"集香居"紧挨着什刹后海的水边，盛夏之时，我们坐在酒馆的楼上饮酒，清秀芬芳的荷花就盛开在我们脚下。

大概是昭和二十年（1945）的七月，我们一帮酒鬼在"集香居"大过酒瘾后，摇摇晃晃地往回走。途中，奥野先生兴致高昂，主动给我们讲起了幽灵的故事，这也是奥野先生特别擅长的。记得那是一个月色朦胧的夜晚，我们走在什刹前海的路上，路边有一棵高大的古槐。奥野先生指着老槐树道：

"你们知道吗？这棵老槐树里面住着妖怪呢。"

说完，他就指挥我们爬老槐树，说是躲在树顶上，可以吓唬路过的行人。我一口气爬到了树顶，得意扬扬地坐在树杈上。奥野先生大概是年龄的缘故，边爬边滑，就是爬不上去。他无计可施，只得服输，道：

"那我就躲在树荫里吓唬吓唬他们吧。"

可是，不巧的是，那天晚上路上一个行人也没有。我只得从树上跳下来，与奥野先生握了握手，道了别就各自回家了。

第二天一大早，我被奥野先生从睡梦中叫醒。他对我说：

"直江君，昨天夜里的那棵老槐树还真是妖怪变的啊。我今天早上起床一看，衬衫上有好多血迹，可再看身上并没有受伤啊。你说奇怪不奇怪？"

其实，他这是故弄玄虚。昨晚我从树上跳下来的时候，手撑在地面上，大概是被玻璃碴子之类的利物扎伤了。酒喝多了，身体麻木了，手上出血也不知道痛。而临分别的时候，我就是用那只受伤的手与他握手的，他也就无意识地将血迹弄到了自己的衬衫上。奥野先生是知道其中缘由的，可他还是要编造老槐树变成妖怪的故事来逗弄大家。回想起来，我们在一起的那段时间，也不知道他开过多少这样的玩笑。

还有一次，我们也是喝多了。回家的路上，看到一块写着"某某中医"的店招牌。乘着夜色，我们就把它给抱了回来。奥野先生说道：

"这块牌子就给你当柴火吧。"

于是，这块店招就被扔在我家屋子的墙边，时间一长也忘记了。战后某一天一大早，奥野先生就来敲我的门，一边紧张地说："不好啦，昨夜中国的宪兵来搜查我家了。我想他们也一定会搜查你家的。上次的那块店招牌怎么办？要是被他们搜查出来可就麻烦啦！"

我们商量的结果，就是把那块店招牌送还给人家。可就在这个时候，奥野先生居然还有心思闹着玩。他说：

"就这么还回去多没意思？还是写点什么吧。"

于是，他提笔写了张纸条，贴在店招牌上：

"贵店之物，物归原主。"

我们俩又乘着夜色把店招牌还了回去。走到那里一看，人家的门楣之上，早已郑重地换过一块"中医某宅"的新招牌了。

说来说去，我对奥野先生的回忆，似乎只是一些吃吃喝喝的印象了（现在，我的酒量有了一点点提高，实在都得归功于奥野先生），真是有些过意不去。对于北京时期的奥野先生，我的怀念之情是绵绵不断的。就说他费尽心思从琉璃厂淘回来的那些古旧书籍吧，都快堆到他"池上草堂"的天花板了。有时我也纳闷儿，奥野先生整天忙着玩，忙着看戏，忙着吃喝，哪来读书的时间呢？后来总算弄明白了，他每天都坚持早上读书和写文章，即使夜里醉得不省人事，一大早也必定要起来，那是他专门的学习时间。

战争结束后，由于需要指导日语系学生的毕业论文，奥野先生被特别留用，还是居住在"池上草堂"，依然与孙楷第、赵荫棠等著名学者交往。大概是在昭和二十一年（1946）五月，在那个柳絮纷飞的春天，他同我们这些先行回国者一样回到了日本。去北京之前，他有庆应义塾大学的合约在身，没承想在北京耽搁了那么久。

他这次在北京任教的时间比较长，又恰逢日本战败。在此期间，他写作出版了《日晷仪之风景》《幻亭杂记》两部随笔集子。这些脍炙人口、珠玉般精致的文章所描写的这段日子，无论对于奥野先生来说，还是对于我们这些"奥野迷"来说，都可以说是一个"黄金时期"吧。

目　录

古都气质

　　大概在民国十七八年，天津发行了一份通俗文学刊物《南金》^①。这份刊物带有浓厚的京津趣味，信息量特别大，涉及的内容也很广泛，包括了戏剧、诗文、考古、美食、民间风俗等；其作者又都是名人，既刊发过洒脱文人袁寒云^②的诗文，也登载过大总统曹仲珊^③的画作，可谓文采斐然，字字珠玑。这份期刊若与已故诗人冈野知十^④所编集的、在日本十分流行的《郊外》等趣味性杂志相比，最鲜明

---

① 《南金》：1927 年创刊于天津的一份内容丰富、品质精良的通俗文学刊物。作为在民国"北派"通俗期刊萧条期诞生的通俗文学刊物，《南金》极具代表性。
② 袁寒云（1889—1931）：即袁克文，字豹岑，号寒云，河南项城人，袁世凯的次子。文学家，昆曲名家，人称"天津青帮帮主"。一生诗酒风流，"民国四公子"之一。
③ 曹仲珊（1862—1938）：即曹锟，清末直隶省天津府天津县大沽口人。中华民国政治及军事人物，直系军阀领导人之一，曾疑似靠贿选而当选为第五任中华民国大总统。
④ 冈野知十（1860—1932）：日本俳句诗人。出生于北海道。

的特点就是，它充满着健康豁达的情绪，洋溢着中国式的清新风格。

那些北平的"《南金》迷"们曾经做过这样的评价：《南金》杂志是"雅"的化身。其中有一个人在与我闲聊《南金》杂志的"雅"时这样感叹道：如今的北平，再也见不到像《南金》那样的"雅趣"。他还掰着手指，向我一一列举那些已经失去了的东西。我想，发出这样感慨的大概并非只有他一个人吧。可见当时人们对《南金》是多么推崇与迷恋了。的确，如今的北平，在戏剧、诗文、美食等许多方面，与《南金》盛行时期相比，可谓天壤之别。我们甚至都不用与《南金》时代做比较，只要看看我去北京留学①之后的这短短的十年，就不难发现，这座古都发生了多么巨大的变化——既找不到当年的诗人樊樊山②，也没有了能够与杨小楼③相提并论的京剧演员（我曾经参加过杨小楼的葬礼，将他从前门一直送到永定门）。是的，类似他们这样的"雅士"，如今在北京再也找不到了，这是一个不争的事实。那么，现今北京的人们都在想些什么？生活中都有些什么样的追求？要是认真观察的话，你会发现，人们的生活已经远不如以前，再也见不到那种古都的高雅情趣了。

然而，我们评价一件事情，不能光看它某一面。说"与以前相比"之类话的人，有些是土生土长的北京人，有的是久居北京、被

---

① 指1936年至1938年间。

② 樊樊山（1846—1931）：即樊增祥，字嘉父，号云门，一号樊山，别署天琴老人，湖北恩施人。清代官员，文学家。曾师事张之洞、李慈铭，为"同光派"的重要诗人，诗作艳俗，有"樊美人"之称。

③ 杨小楼（1878—1938）：名三元，谱名嘉训，原籍安徽怀宁，出生于北京。京剧武生演员，"杨派"艺术的创始人。其父杨月楼、义父谭鑫培皆为清末名伶。在当时与梅兰芳、余叔岩并称"三贤"，成为京剧界的代表人物，享有"武生宗师"的盛誉。

称为"老北京"的日本人。但无论是中国人也好，日本人也罢，无疑，他们都是对老北京怀有深厚感情的人。也许，他们在说这种话的时候，有的是看不惯世事的变更，出于"久居则安"的心态，而有的，可能是借此向他人炫耀自己"老北京"的身份罢。说到底，那些喜欢把"与以前相比"这种话挂在嘴边的人，倒也未必就真的认为如今的北京丑陋得不能再看一眼了。

我有幸生活在东京，经历了东京发生深刻变化的全过程，因此，对于北京这些年来的巨大变化，就更加深有感触。并且，无论何时何地，我都毫不隐藏自己对老北京的喜爱之情。东安市场在北京是众所周知的，它的南口附近，有家"国强茶社"，这无非就是一家再普通不过的冷饮店。我还清楚地记得，他家是全北京最早向市民供应"冰小豆"的冷饮店。以前，这家"国强茶社"到处都是闹哄哄的，就连在楼上也找不到一块安静的地方。那是因为紧挨着它左边的那栋楼里，有家唱大鼓的茶馆，锣鼓的喧闹声和演员的说唱声近在咫尺。不过，后来不知什么缘故，那家唱大鼓的茶馆关张了，成了某百货商店的仓库。这样一来，"国强茶社"也就清净了许多。不用说，唱大鼓的茶馆哪有不闹腾的？可这也是中国人生活中不可或缺的一种情趣啊。不知为什么，只要在落子馆①里坐上一会儿，浑身就会有一种说不出的愉悦感。而当类似落子馆这样的娱乐场所消失之后，"老北京"们的内心深处，又该会是一种怎样的失望呢？如今，"国强茶社"的午后，再也体味不到往昔的热闹氛围了。说到底，还不都是因为少了旁边楼上说唱大鼓的吵闹声？从这一点

---

① 落子馆：指旧时中国演北方曲艺杂耍的场所。这里指的是大鼓演唱的专门场所。

来说，人们对于那家茶馆被改成百货商店的仓库，内心其实是反感的。我觉得，也不必一味地迁就"老北京"们的这种怀旧情绪。人们在观察新旧北京的面目时，就像透过阳光看万花筒，每时每刻都能看出新的变化。而且，人们还会发现，那些"动"的东西与"不动"的东西，实际上是处于一种交错的状态。要是能够认真地体味这种变化，岂不也是趣味无穷？

没错，谁也不能否认，随着马路上车辆激增、住房和物资紧缺，加上物价飞涨等，北京已经不可能再像以前那样悠然自在了，一场重大的变革正在悄然展开。街市之上，人们再也不会看到汽车小心翼翼避让懒洋洋的狗子的场景了；雇辆洋车，从王府井跑到东安市场只需要三个铜子儿，如今也只能是梦境了。毋庸置疑，那种悠闲清净，原本就是往昔北京人生活的重要特色，也是北京生活的魅力所在。而如今，人们的日子大多很艰苦，也很窘迫。就这一点而言，如今北京的生活确实乏味了许多。这种"乏味"还体现在许多老北京所特有的娴雅情趣的消失。例如，要是去剧场看一看就会发现，无论是往昔的高庆奎①、王瑶卿②，还是有着"活孟德"美誉的郝寿臣③，他们的演出都不再值得一看。就连那位当初从南方载

---

① 高庆奎（1890—1942）：原名振山（镇山），号子君，著名京剧老生表演艺术家，京剧老生"高派"艺术创始人，京剧"四大须生"之一。

② 王瑶卿（1881—1954）：祖籍江苏淮安，出生于北京。京剧表演艺术家、戏曲教育家，创立京剧旦角"王派"艺术。

③ 郝寿臣（1886—1961）：名瑞，字寿臣，今河北香河县人。著名京剧花脸表演艺术家、教育家，与金少山有"南金北郝"之誉，与侯喜瑞、金少山并称"净行三杰"。郝寿臣精于曹操戏，享有"活孟德"美誉。

誉归来、踌躇满志的金少山①，表演艺术上也再不如从前。这些迹象表明，京剧艺术正在急剧地走下坡路。也许有人会认为，京剧表演方面出现的颓势，与如今北京人生活的乏味、贫困并没有什么直接关联。但我不这么认为。我觉得，这体现了社会整体变化的一种趋势，就如同水的波纹呈放射状向四周扩散一样，变革必然会成为分散老北京娴雅的一种潜在力量。

　　现在，我们能明显地感觉到，北京的饭馆已经很少有上好的绍兴酒供应，饭菜的味道与从前也不能同日而语。不必说鹿鸣春、玉华台那样的名店，就是北海公园仿膳的小吃，也远不是以前我们傍晚散步时品尝到的那种味道了。但是，在如此天翻地覆的变化之中，不知道是否有人考虑过这样一个问题：北京有没有始终不变的东西？我认为是有的，那就是"古都气质"，它就如同静卧在河床上的坚冰那样，静静地闪耀着清澈的光亮。我这么说，有些"老北京"也许会不以为然。但我以为，这并没有丝毫的虚夸成分，也与眼下的各种"变革"毫不相干，这是真实的北京生活的本质所在。我所说的"北京生活的本质"指的又是什么呢？那就是典雅谦逊的"古都气质"。由于他们具备了这种淳朴的"古都气质"，所以，无论外界怎样巨浪翻滚，也不能打破他们内心的平静，也不能摧毁他们精神世界里的这种自信。关于这一点，完全可以从他们平素生活的细微之处体察出来。

　　其实，我们不必追溯到很远，就说清朝皇帝统治下的这三个世

---

① 金少山（1890—1948）：本名义，又名少山。京剧净行演员。清末民初时京剧名净金秀山之三子。

纪吧，北京就曾经几度发生过重大变故。翻阅朱竹垞①所著《日下旧闻考》②，我们会发现，他书中所记载的景况，如今已经很难见到了。这也告诉人们，世事的变化其实一直没有停止过。五十年、一百年、二百年以来，北京的面貌每时每刻都在发生着变化。然而，尽管如此，北京这座城市所独有的"古都气质"，虽然由单纯而变得复杂，由简单而变得烦琐，但纯洁高雅的本质从来没有变过。我非常乐见，今天的北京，依然延续着既往的"古都气质"。我同样非常乐见，今天的北京，虽然处于纷繁杂乱的变化之中，但那种流传至今的典雅谦逊的生活态度依然完好如初。这就好比无论水面上掀起多大的波澜，但在幽深的水底，那些水藻、贝类等生物并不受干扰，依然宁静地展示着它们美妙的生态一样。

说起来，北京历史上数次或者数十次发生过的重大变迁，也许都比不上近十年来所发生的变革来得剧烈。那些曾经被"老北京"们津津乐道的东西，现在已经很难见到，这也就成了他们哀叹的缘由，或是怀旧的"种子"吧。但是，我们可以这样认为，如今的巨大变化，可能给人们理解"古都气质"带来了一定的困惑，但这并不意味着"古都气质"已经不复存在。我的意思是说，过去袒露在人们面前的"古都气质"，如今可能裹上了一层坚韧的外壳。我们若是在比较脆弱的地方刺破那层外壳的话，依然能够领

---

① 朱竹垞（1629—1709）：即朱彝尊，字锡鬯，号竹垞，又号醒舫，晚号小长芦钓鱼师，别号金风亭长。浙江秀水人，明代大学士朱国祚的曾孙。清朝词人、学者、藏书家。
② 《日下旧闻考》：原名《钦定日下旧闻考》，作者朱彝尊。记载清乾隆年间刊印的关于北京历史、地理、城坊、官殿、名胜等方面的古籍。

略到往昔的"古都气质"。领略这样的内核，当然需要有足够的耐心，却也其乐无穷。当我们坐在堂皇的戏台前，依然能听到管弦演奏的乐曲声；哪怕只是路过城墙边，偶尔听到一段唱腔，也会觉得美妙无穷吧！

北京有个老舍，是位擅长于发现市井生活情趣的诗情作家。说起来，现代中国的作家大部分都是外地人，但老舍是个例外，他是旗人出身，懂得北京的方言土语，所以，他具备了以北京市井生活为题材创作小说的优势。他早期描写北京的作品，虽然与现今的北京不是同一个时代，但那些深深埋藏在他心底的市井生活的细梢末节，如今读来，还是那么的真实可亲。他小说作品中记录的馒头价格、人力车的车资等，在现今人们的眼里，简直可以说是天方夜谭。而说起服饰的话，他笔下的碎花纹长衫，不正是现在流行的款式？当然，如今衣服料子不再全是棉布的了，领口也比那时裁剪得低了许多，裙裾也短了许多……然而，变化归变化，老舍小说中所描写的那些闲聊着的、嬉笑着的、哭泣着的男男女女，不还是如今北京的这些人？他们的心理活动，他们的兴趣喜好，不还是与过去一样？若是看一看那阡陌般的胡同深处，居住着的依然是《月牙儿》①中的哀怜女子；要是乘上火车外出旅行，同样会遇见《马裤先生》②中的军人；假如去大街上溜达，自然还能看到《骆驼祥子》中扎堆候客的人力车夫……那些嬉笑怒骂的生活场景，与如今的北京市井生活不还是如出一辙？再让我们来看看老舍的长篇小说《离婚》中

① 《月牙儿》：老舍的中篇小说。
② 《马裤先生》：老舍的短篇小说。

的一个场景吧。星期天，老李拖家带口去了东安市场。刚进市场，孩子们就嚷着要吃苹果。接着，他又领着一帮孩子四处转悠，进了鞋店，买了丝绸、剪子等物品，不一会儿就装了一大包……也许你会想，类似这样的日常生活场景，任谁来写，也都大同小异吧。然而，事实非如此。在老舍的笔下，即便是这样简单的生活场景，也都深深地印刻着北京市井生活的味道，洋溢着"京味儿"，这是外地作家所望尘莫及的。在如此短小的篇章中，那些丰富的心理活动描写，能够使读者真切地感受到北京市井生活的真实性。仅此一点，便可以印证我前面所说的那种不变的"古都气质"。

老舍先生在他的另一部长篇小说《赵子曰》中描写了北京人过端午节的景况。他既写了端午节带有糟粕的一面，也写了美好的一面。他通过描述端午节正反两个方面的习俗，向读者展现了北京人对端午节的真实感受。我们可以看到，这种"感受"的背景，或者说是映照这种"感受"的光辉，就是从作者笔端流淌出来的"古都气质"。诚如我前面所说的那样，以前那些一目了然的"古都气质"的具体形态，如今已经变得有些模糊不清了。而这种所谓的"模糊不清"，实际上是裹上了一层厚厚的外壳的缘故。如果稍微刺破这层包裹着的外壳，或者即使不刺破它，只是触碰一下它的柔软处，依然能够窥视到它的真实景况。

那是八月的某一天，我前往鲜鱼口街①的华乐戏院，观看了

---

① 鲜鱼口街：北京著名胡同，东西走向，由前门大街一直延伸到东口崇文门大街。一般传说是"门到门，三华里"，是北京民俗市井商业的代表，与前门大街共同构成了老北京南城的标志性传统商业街区。

富连成科班①的学生们演出的京剧《宦海潮》。那时的富连成也与以前有所不同了。由于科班实行了"二部制"，演出时，"年少组"与"年长组"是分开的。从趣味上看，确实比以前要差了一些。但由于他们是职业演员，而且所演曲目又无人能够替代，所以每天都得参加演出，常年无休，这一点与以前并没有任何的改变。《宦海潮》是由他们科班的"年少组"演出的，所以，演出效果不敢恭维。但我也知道，《宦海潮》这个剧目是清朝末年创作的，上演的次数并不算多，俗话说，"物以稀为贵"，所以虽然是富连成"年少组"的演出，我也冒着炎炎暑热去观看了。

戏剧故事是通过演员来表达的。京剧《宦海潮》的大意是，有个姓郭的高官，品德很恶劣。他垂涎朋友于某妻子的美貌，设法害死了于某。于某夫妇育有一子，年纪尚幼。由于父亲被害，母亲被恶人霸占，他无家可归，流落街头，沦为乞儿。那是一个寒冷的冬天，时至傍晚，无依无靠的少年已经三天没有吃饭了。他饥寒交迫，跪在舞台上，号啕大哭，向观众哭诉自己苦难的身世……此时此刻，观众席上的观众们向少年投去梨子、苹果、糖果、钱币等物品，如同天上的降雨，纷纷落在了扮演少年的演员身旁。

---

① 富连成科班：1904年创建于北京的京剧科班，叶春善任社长。前期称"喜连成"，1912年夏改名为"富连成"。1948年，富连成社因无力延续而停办。该社历时44年，培养了喜、连、富、盛、世、元、韵七科近800名京剧学生，其中雷喜福、侯喜瑞、马连良、筱翠花、马富禄、谭富英、茹富蕙、裘盛戎、叶盛兰、叶盛章、萧盛萱、孙盛武、袁世海、李世芳、毛世来、江世玉、迟世恭、艾世菊、谭元寿、茹元俊、冀韵兰、夏韵龙、叶庆先等均为京剧名家。富连成班是京剧教育史上公认的办学时间最长、造就人才最多、影响最为深远的一所科班，培养了众多京剧名家，对京剧事业的传承和发展具有深远的意义。

我听说日本有出戏剧《忠臣藏》[1]，演出时，扮演吉良上野介[2]的演员曾遭到观众殴打。没想到，如今还能看到类似的场面。而《宦海潮》与《忠臣藏》的故事完全属于不同类型。我能在偶然的场合亲眼看见这样的场景，心中自有一份惊讶与惊喜。也许有人会说，看戏动真感情的观众是低层次的。当然这话我也不想辩驳——即便如你说的"低层次"又何妨？我们根本不必去琢磨观众为什么会出现那种情不自禁的行为，只需要知道那是一种完全出自本能的难能可贵的善良之举，就足够了。

　　观众的同情心，使他们忘记了故事与现实、角色与演员之间的区别。从另一个侧面来看，我觉得这是一件很幸福的事情，是一种十分令人倾慕的美好感情。从这件事情上，我们是不是可以得出这样的结论：戏剧演出早已是北京市井平民日常生活中不可或缺的一个组成部分。北京市井平民鉴赏艺术的眼光，其实是极其细腻且挑剔的。他们绝不允许演员在舞台漫不经心地演唱与表演，而且，他们能够超越这种高层次的鉴赏，并不在乎人们所谓的"低层次"的责难。一旦在戏剧故事里受到了感动，他们的身心就会沉浸在满满的幸福之中。

　　偶尔的机会，我们无意中刺破了那层包裹着"古都气质"的脆

---

① 《忠臣藏》：根据日本江户时代 1701—1703 年间发生的元禄赤穗事件所改编的戏剧。最早的作品是 1748 年在大阪"竹本座"以人形净琉璃形式演出的《假名手本忠臣藏》。在近代，《忠臣藏》的故事也多次被改编为舞台剧、电影和电视剧。
② 吉良上野介：即吉良义央。日本江户时代前期的高家旗本，赤穗事件中被赤穗藩的第三代藩主浅野长矩所伤。在以该事件为题材而创作的戏剧作品《忠臣藏》中，吉良上野介是被作为反面人物来处理的。

弱外壳，使它呈现出了古雅的内核。不过，这只是偶然的机会。事实上，这样的机会实在是少之又少。

那些漫步街头的人们，那些购物的人们，那些站在大门旁边闲谈的人们，那些在路边的摊点上吃东西的人们……从他们的只言片语中，我们都能隐隐约约地感受到这种"古都气质"。它是那样的娴雅，那样的美妙，那样的发人深省。

盂兰盆节①那天午后，我漫步在宣武门外的永光寺大街上。在一户人家门口，遇见了一位正在焚烧迎魂火②的中年妇女。旁边站着一个少年，凝神屏息地看着眼前的场景。

那时，宣武门外永光寺街是一条十分僻静的街道。而纸钱焚烧时飘散的袅袅青烟，更加增添了静寂的氛围。按照阴历来算，盂兰盆节正处盛夏时节，白天还是很热的。因此，在那些冥纸焚化的袅袅青烟里，似乎能够感觉得到人们祈盼秋天尽快来临的热切愿望。于是，我停下脚步，伫立在一旁，若有所思地张望了一会儿。

随后，我坐上一辆人力车，一路向南去了法源寺。法源寺是我常去的地方，不管什么时候，那里总是很清净。法源寺里种满了丁香树，青翠而浓密的树荫，恰好为盂兰盆节前来参拜的人们提供了纳凉场所。从四面八方聚集而来的男女老少的说话声，法源寺僧人的诵经声，还有旺盛的香火、缭绕的青烟，构成难得一见的热闹场景。

---

① 盂兰盆节：即中元节，也称鬼节。中国节期为每年农历七月十五。日本人则在农历七月十三至十六日进行。

② 迎魂火：盂兰盆节当天晚上，人们会点燃引领祖先灵魂回家的"迎魂火"，然后在迎接灵魂用的香案上备好各种祭品，供奉祖先。

法源寺的院子里放置着巨大的龙灯。想必到了夜间，龙灯上就会亮起五色的彩灯，放入水中流动起来。我穿过熙熙攘攘的人群，来到山门右手边的空地上，身旁有一棵已经老朽的家槐^①，据说是唐朝时的古树。我静静地站立在老槐树下，默默地想着心事，耳畔传来寺院里僧人们那如同流水般顺畅的诵经声，也能听到孩子们尖利的叫喊声。可是，这块长着家槐的空地上没有人来。这块空地被粉刷着白垩涂料的低矮的土墙围着，太阳照在青青的草地上，散发出清新的气息。在家槐枯朽了的枝条间，蚂蚁们连成一条线，来回地忙碌着……我就这么孤零零地站在空地上，突然，一大群鸽子从我的头顶上飞过，锐利的鸽哨声打破了四周的寂静。

　　真的很难得！因为这些年来，成群鸽子发出的鸽哨声，几乎已经在北京上空绝迹了。可今天，它们又在云天之上嘹亮地响了起来。鸽群呼啦啦地降落在法源寺这块长着家槐的空地上，它们或高或低地飞动着、追逐着，鸽哨声还一如往昔那般响亮、动人。

　　我清楚地知道，旧时的北京已经不可能再回来了。只是偶然之间，往昔的情形再现时，心里难免会有一种新旧北京血脉相通的惊叹。当下，饲料的价格太昂贵了，这可能也是鸽子数量锐减的一个主要原因吧。尽管如此，北京人依旧喜爱鸽子，依旧期待耳畔能够听到鸽哨声，这样的"古都气质"从未磨灭。我们这不是看到了吗——在盂兰盆节的日子里，在种满丁香树的寺院中，在密集人群的头顶上，不是有大群的鸽子飞过？不是有动人心弦的鸽哨鸣响？

　　秋风乍起的一天，我与老朋友张友焜坐在西河沿的春明楼上，

---

① 家槐：即槐树。

聊起北京人的性情这个话题。我说了自己的想法，认为"古都气质"依然存在，只是裹上了一层外壳而已。张君也很赞同我的说法。

"你看看这家店里的菜肴，要是让我来评价，简直就是好吃到家啦。"

张君这样向我介绍道，露出一副得意的神情。

自然，如今已经很难再弄到以前那么地道的绍兴酒了。他说："今天我们就只好喝这个啦。"说着，他从包里拿出一瓶酒。我倒进杯子里一尝，有一股茵陈①的味道。不过，味道也还不错。再尝尝一道接一道上来的菜肴，味道虽然比不上从前，可也并不难吃啊。假如我们戴着有色眼镜去看待现今的一切事物，就必然会对自古传承至今的"古都气质"视而不见。

---

① 茵陈：又名茵陈蒿。茵陈的幼苗干燥后是一味中草药，味道类似蒿草。

交民巷小景

　　我第一次到北京，是民国二十五年（1936）。到达后的第二天，第一次去购物，去的是崇文门大街的法式面包房。我有个痼癖，早上要是不喝一杯咖啡的话，这一天就总像少了点什么似的。所以，一到北京，其他事情都可以不管，但咖啡是不能不买的。我问了许多人，总算打听到了一个买咖啡的店铺。按照人家的指点，我找到了这家店铺，只见在柜台上接待顾客的是一位年轻的法国女郎。本来，我来这里只是想买咖啡的，但经不住她交替着用法语与英语不停地劝说—— 一会儿这个糕点很好吃啊，一会儿那种巧克力很美味啊，直引诱得馋嘴的我什么都想买。所以，虽然那是到北京后的第一次购物，却一下子买了许多。当然，我天生耳朵根子就软，哪里经得住法国女郎的甜言蜜语？当然，那时我初来乍到，心里不免有些胆怯，这大概也是原因之一吧。

　　自那之后，我就经常去那家店里买东西，那位法国女郎也就自然记住了我的面孔。她在北京待的时间长，各方面的情况都很熟悉，教了我一些在北京生活的常识，确实使我受益匪浅。

交民巷的东口距离法式面包房很近，所以，每次买完东西，我都会沿着交民巷散散步，然后再往家走。或者，我从正金银行取了日元后，路过交民巷前往崇文门大街，到一家名叫"五昌"的钱铺去兑换中国货币。总之，我就喜欢在那一带活动，基本上不出交民巷的圈子。要是从水关略微前面一点的地方登上城墙的话，就能够眺望城外的风光。如果是初夏时节，在强烈的阳光下，能够看到南边祈年殿半圆形屋顶上藏青色的瓦片，就像涂了一层油彩似的亮光闪闪。城外街道上的各种嘈杂声，也仿佛乘着微弱的轻风，汇集到了这城墙之上。我总觉得那些油彩的味道、那些绿叶与花的香味，都融在飘荡着嘈杂声的轻风中，浮游在我的感觉之上，显得更加复杂。漫步在那狭长得如同一条衣带的城墙顶上，浑身似乎有一种难以言喻的轻松。

在东交民巷，有一家德国人开的商店，店员是位十分冷漠的老太太。那家店里出售的手绘北京地图，倒是别有一番情趣。例如，在大桥旁边绘上了处决罪犯的场景，在孔庙边画上了身着儒冠儒服的人像……这些绘画表现了北京的悠久历史，还带着浓厚的西洋风味，所以我赶紧买了一份。不用说，把这个地图推荐给我的，就是法式面包房的法国女郎。

北京的夏天十分炎热，尤其是崇文门大街一侧的民居，由于没有树荫的庇护，即便到了傍晚，夕照的阳光依然十分强烈。每当我经过那里，都会像逃窜似的跑向与它一步之遥的交民巷。进入交民巷，便是绿荫覆盖的柏油马路，就像是阴森森的绿色隧道，清风吹来，有一种凉飕飕的感觉。槐树花飘落的声音，有些像雨点的声响，不过，我觉得它远比飘零的雨滴要显得空寂。那种青白色的槐树花，散落在光溜溜的路面上，恰似一地明灿灿的珠子；它们"扑哧扑哧"的坠落声，加上清白的色彩，呈现出一副孤寂而无助的模样。

近来，我读了莱劳克斯·范尼写的一部名为《交民巷》的小说。小说写得非常有趣。不过，说实话，这位作家是谁，为什么会写这部小说，我是一概不知。对此，我自己也觉得很遗憾，就托别人帮助查找，可一直也没有弄明白。也许，这就是西洋人惯常的做法，兴致来了，就写那么一两部小说或是游记，然后就再也不写了，也就算个业余作家。那部小说出版的时间是1952年。这么算来，作者至少也得是民国十二三年的时候在北京待过吧。并且，如果我们把小说中的主人公"我"看作是小说作者的话，他的身份即使不是外交官，也一定与外交工作有关。

正如小说的书名，作品中人物的活动舞台基本上都是交民巷，偶尔也会写到中央公园、天坛，以及北戴河这些地方，不过，这几个地方在他的作品中只是一种陪衬，并不是小说人物的生活主舞台，故事基本上都是围绕交民巷展开的。小说的背景既然集中在交民巷，小说中的人物当然也就全是交民巷的人了。主人公是借在这里做外交官的兄长的光来北京旅游的，其他人物主要有他的嫂子艾丽丝、公使夫人蒙特太太，以及他们的秘书官克莱亚，另外，还有他兄长的助手韦德·维维安夫妇、麦克奈特夫妇，都是住在交民巷并在交民巷工作的。就连主人公的侄子，也无一例外是交民巷的人。他们这些人，除了古董，对中国似乎一无所知。他们总是一起散步，一起吃晚餐，一起郊游，完全是在自己一帮人的小圈子里开心地生活着。相比之下，阿部知二①所写的小说《北京》，书中虽然写的是日本人，但那些日本人对于中国的感知程度，却要比莱劳克斯·范尼笔下的那些人广泛得多、深刻得多。我们可以这样认为，小说《交民巷》只是表现出了社交圈内的一种寂寞氛围，展示的是同一个国家的一群人之间情感方面的波澜起伏。虽然小说的背景是在中国，却没有去感受中国，没有去触碰中国人的情感世界，它实际上写的就是一群生活在遥远异邦的欧洲人，一群神经衰弱的天涯孤客。作者没有表明他的写作意图，我也不知道他在构思这部小说的时候是否考虑过这个问题。总之，在他的这部作品中，既没有涉及中国的问题，更没有表达他对中国的看法。由此可见，在欧洲人的眼里，中国只不过是一块远隔重洋的偏僻之地而已。对于这样一部毫无价值的小说，我所感兴趣的，其实正是这种旁若无人的冷漠态度。只是不知，他们是否也曾经用这样的小说、这样的态度对待过日本呢？

以前交民巷里有日本大使馆的时候，生活在交民巷的日本人，至少还会考虑到使馆区的环境而有所检点。可如今，北京城里到处都住着日本人，他们怎么可能还像居住在交民巷时那么检点？例如，在六国饭店后面的胡同里，如今盖了许多简陋的日式店铺。在那里上班的女佣们，嘴里镶着金牙，嬉笑打闹，就像在娱乐场所一样，一点顾忌也没有。还有那些汗臭难闻的军属②们，仰面躺在城墙上的长椅上，身上盖着军装呼呼大睡……处处都能看到这样的不

---

① 阿部知二（1903—1973）：日本小说家、英国文学研究家、翻译家。1927 年毕业于东京大学，1930 年发表短篇小说《日德对抗赛》，一举成名。
② 军属：在日本，指旧陆海军中隶属于军队的文官与享受文官待遇的人，以及技师、勤杂人员等。

雅场景，真是令人无地自容。

假如我们写了一部以中国为背景的小说，却没有探讨中国的问题，写的全是一帮日本人以及围绕他们的生活展开的故事，你说除了感到羞耻之外，还有什么好说的？不过，我在日本没有见到过类似《交民巷》这样的小说作品，这不能不说是件十分幸运的事情。不过，我在阅读这部无聊小说的时候，脑子里想得最多的，还是西洋人那种"无所谓"的生活态度。在我们东方人的生活当中，即使处于难堪的境地，也是要打肿脸充胖子的。而这种"打肿脸充胖子"的情形，在西洋人的生活中却是根本见不着的。但西洋人的"不关心"与日本人的"不注意"，两者看上去差不多，实际上却有着天壤之别。我觉得，日本人在国外的时候，最明显的就是缺乏自律，过于随意，过于随心所欲。

交民巷是一个特殊的区域。生活在这个空间里，就必然要与中国的胡同、市井的百姓打交道，可以尽情享受生活的情趣。譬如，你可以很方便地去街角买块切糕，能够很随意地去胡同口吃碗馄饨。但是，如果你完全忘记自己是个外国人，行为过于放纵的话，就会给市井的百姓们留下恶劣的印象。"卢沟桥事变"期间，我曾经在交民巷正金银行的一间屋子里躲避了半个多月。每天早上和晚上，在沿着水关一直往北的那条林荫道散步时，我想的就是这些事。

在我的脑海里，印象最深的，还是交民巷冬天的景物。树叶全都落光了，树枝是明净的，马路是明净的……这样的明净与宁静，要是能够遍布全世界，该有多好啊！北京的冬天又来了，这是我多么难以忘怀、多么向往的景色啊！

喜神因缘

　　大石碑胡同其实是一条很奇怪的胡同。诸位读者当中如果有去过北京的，想必一定知道北城的鼓楼大街。而在认识鼓楼大街的人当中，应该也有几个人会知道从鼓楼大街往西，与什刹后海北岸的鸦儿胡同相连的烟袋斜街吧。在烟袋斜街中段，有一处名叫广福寺的道观，周围散落着裁缝铺子、鞋店、酱菜铺子、肉店等一些出售日常用品的店铺。这是一条十分不起眼的胡同，长约二百多米，到处都显得乱糟糟的。而在它的北边，还有一条与之相连的大石碑胡同，那想必就不会有几个人知道了。

　　从烟袋斜街的街口转弯，经过烟管店铺门前，再往前走有家古董店，在古董店的拐角往北，对着的那条小胡同就是大石碑胡同了。走进这条胡同，迎面是一段上坡道，往上走一段，就慢慢变平坦了。虽说那是一个坡道，但坡道的路面比较狭窄，只有不到两米宽；可到了平坦的地方，路面就变宽了，大概有四五米吧；要是再往前走的话，路面的宽度就达到十米左右了。在街道的宽阔处，生长着四棵老槐树。这些古树根深叶茂，绿荫深深。要是在炎热的夏季，这里就成了人们乘凉歇息的好去处。

这条大石碑胡同并不长，胡同尽头是一栋古色古香的教堂，是模仿中世纪城堡的式样建造的。建筑物的整体色彩是灰暗的，教堂的左侧建有一座塔，开了一排十字花形的窗户。窗户很规则地排列着，窗户上镶嵌的玻璃，也仿佛弥漫着阴郁的色彩。要是站在胡同的中部，朝胡同的尽头望去，你会在瞬间忘却自己是身在中国，还以为是置身于中世纪欧洲的某个小镇呢。与其说我是喜欢这里宁静的氛围，倒不如说是更欣赏这里空寂的风光。所以，每天早晚散步的范围都必然会加上这个大石碑胡同。正因为我每天都在这条幽静——或者说死水一般宁静的胡同里转悠，所以，对于胡同里发生的任何一点微小的变化，我都了如指掌。比如，要是天气晴朗的话，早上来到位于胡同中部、紧挨那四棵老槐树的九号院子门前，迎着绚烂的阳光，就能看到高高的钟楼房顶上那精美的弧线，有一种夺人心魄的魅力。不过，那样的风景也只有在旭日初升时才能够领略到，要是错过了时间，钟楼的屋顶又会回到它那阴森可怖的面目。还有，我经过七号院子门前时，常常会看到那蓬繁茂的蔷薇花枝从院墙上探出头来，展现着似锦的繁花。那馥郁的清香，在我看来，仿佛是在诉说着游子的乡愁……我这么四处转悠，到处张望，还发现了一件很怪的事情：在这条街上有"九号"和"七号"两个门牌号码，我却从没见到过"八号"这个门牌。这在门牌号码制度十分完备的北京，不能不说是个很大的例外。当然，在中国的大城市，市民家里的大门大多是关闭着的，所以，像这种门牌号码不连贯的琐碎小事，一般也不会有人注意。但这引起了我的好奇：为什么门牌号从"七号"直接跳到"九号"呢？为什么中间缺了"八号"呢？再说，"八"是个吉祥的数字，中国人不是特别喜欢"八"吗的？……这些问题就像一连串的谜团，始终缠绕在我的心头。

我默默行走在空荡荡的大石碑胡同里，听着家雀们振翅飞翔发出的声响，看着朦胧月色映照下树木的阴影，日子就如同流水般淡然而去，甚至给人一种过于平静的寂寞感觉。然而，就是大石碑胡同里那个缺位的"八号"，使我有了牵挂，打破了我心底的平静与安宁。尤其是初夏，当蔷薇花将她们那甜美的香味四处飘散的时候，我心里的这种不安就愈加炽热。虽然我是个不善于表露自己内心忧愁的人，但正因为如此，就愈加感觉到它的沉重。

记得那是初春时节，一个乍暖还寒的傍晚，我在大石碑胡同拐角处的古董铺子里发现了一只定窑小盏。当时，我站在古董铺子的柜台前，正全神贯注地把玩着那只冰冷的白色小盏，一股炒花生的香味从里间传来。这股花生的香味，一下子就唤醒了我对夏天七号院院墙上蔷薇花香味的记忆。于是，我就向古董店的老板打听起大石碑胡同"八号"的事情来。

"啊，您问的是这个啊。我们平时都不想提它呢。"

老板六十多岁，圆脸，身上穿得鼓鼓囊囊的。听完我的询问，他显出了阴郁的神色。不过，也就那么一会儿，很快又恢复了爽朗的声调，道：

"说起来，以前也有过'八号'这个门牌号码的。您要是仔细看的话，在'七号'与'九号'之间还能看到曾经有过一个门洞的痕迹呢。"

说到这里，古董店老板就打住了话头，不再往下说了。此时，已经到了掌灯时分，店铺里的光线开始暗淡下来。我也没有好意思再追问，便怏怏地回了家。

但麻烦的是，那天我从古董店买回来的定窑小白盏，却总是将我的思绪与"八号"那虚幻的门牌号码往一起拽。独居的夜晚，我在灯光下看着那只温润乳白的小盏，感觉它就像是活物的肌肤，微微地闪动着光泽，引起我一阵阵的心悸与不安。古董铺子的老板说，"七号"与"九号"之间曾经有过"八号"这个门牌号码。那么，如今已经不存在的"八号"那户人家，到底是因为什么而消失的呢？我有些坐卧不安，非得再去见一见古董铺子那位圆脸的老板。

在我的再三要求下，老板给我讲起了"八号"的由来。他说，"八号"是夹在"七号"与"九号"之间的一处很小的住宅。虽说七、八、九这三个号的门牌号码是并排着的，但"八号"的住宅没有后院。也就是说，"七号"与"九号"两家的后院是连在一起的。"八号"就是两间很小的房子，被挤在"七号"与"九号"之间，而且房子里也只居住着一位老人。

"这位老人原来是个唱戏的。听说，他年轻的时候，还与杨小楼同台演过戏呢，这也是老人一直以来都念念不忘的光荣历史啊。要不是亲耳听过他笑谈自己的辉煌经历，我还真以为他就是一个普通的皱皱巴巴的老头子呢。哦，您一定看过《四郎探母》①这部戏

---

① 《四郎探母》：一出非常具有代表性的京剧经典剧目，很多名家都演出过这出戏目。说的是杨四郎（延辉）被擒后，改姓名，与铁镜公主成婚。辽邦萧天佐摆天门阵，佘太君亲征。杨四郎思母，被公主看破，以实告之。公主计盗令箭，助其出关，私回宋营，母子兄弟相会。四郎复回辽邦，被萧后得知，欲斩，公主代为求免。

吧？还记得铁镜公主怀里抱的那个婴儿吗？那个婴儿是个木偶，他一直当个宝贝似的留在身边呢。他说，那是他唱戏生涯里最珍贵的纪念……"

说到这里，古董铺子的老板突然打住了话头。

武运不佳、身陷胡地的杨四郎，只好将错就错，娶了铁镜公主为妻，还生了一个儿子。而在汉地，他年迈的老母亲与妻子都望眼欲穿，期盼着他的归来。当然，杨四郎虽然身陷囹圄，可心里也每天想着回归故国。有一天，四郎终于下定了决心，向铁镜公主表明了自己的想法，恳求她给自己一个归省汉地的机会。在这之前，铁镜公主一直暗地里提防着四郎，担心他会逃离胡地。现在，话已挑明，俗话说"一日夫妻百日恩"，铁镜公主对四郎也产生了怜悯之情。她答应了丈夫的要求，并嘱咐四郎回汉地探亲之后，一定要尽快回来，夫妻团聚。我很熟悉《四郎探母》这部戏，它是京剧中的精华，既好听又好看。我还记得，在这一场中，公主是头戴花冠、手抱婴儿出场的。古董铺子老板说那位唱戏的老人珍藏的人偶，就是在这段戏中使用的婴儿道具。这个人偶不仅仅是这出戏中使用的一个小道具，还是剧组人员特别珍惜的一件心爱之物。大伙将它珍藏在衣箱里，与服装一起保管，称之为"喜神"。那时的演员们是将"喜神"作为守护神来崇敬的。自古以来，《四郎探母》这部戏中所使用的人偶"喜神"，就带有神圣的含意。一直到现在，这个习俗也没有变化。

古董铺子的老板继续回忆道：唱戏的老人一直把那个已经很旧的人偶像宝贝似的供奉在桌子上，每天早晚都要抚摸它。可是，有天晚上，老人拿着人偶走进了他的铺子，央求他收了那只人偶。

"那天晚上，老人脸色苍白。哎，那也是初冬的一个晚上，很冷。我想，老人大概是急需用钱，才会卖这个心爱之物吧。可是，就这么一只普通的人偶，即使给他再好的价钱，也值不了多少啊。我考虑到都是家门口的老熟人，就尽量用高价买了下来。没想到，就在我买了人偶的当天夜里，老人竟然死了。他是在死前急急忙忙卖的那只人偶啊……"

古董铺子的老板用手在脖子上做了个挂绳子的动作。意思是说，老人在卖人偶的时候，就已经做了自尽的决定了。可是，他为什么要卖那只人偶呢？又为什么会自尽呢？谁都不知道其中的缘由。

他虽然是个长期独居的老人，但也有那么两三个亲属。老人死了之后，也举行了一个简单的葬礼。老人虽说没有什么像样的家产，但椅子、桌子之类的家具还是有一些的。亲属们将这些东西变卖了，把所得的收入分了，倒也没有产生什么纠纷。还有，"八号"的房屋原本就是"七号"的附属用房，所以，也就像桌子、椅子一样，折了个价钱，卖给了七号人家。

如此，老人留存在这个世上的，也就只剩下那只被孤寂地摆放在古董店里的落满灰尘的旧人偶了。而且，在古董铺子的老板看来，那只人偶并不是老人寄存的物件，它只是一件待卖的商品。不过，这是一件很难出手的物品，它始终被摆放在铺子里，无人问津。

"有天早上，我在打扫店铺卫生时，拿起了人偶。突然，从人偶里面掉下来一张折叠着的纸条。我捡起来仔细一看，原来是老爷子留下的遗书啊。纸条上写道：'吾已年迈，深感恐惧，先走一步。'我这才弄明白，原来老人上吊自杀是厌世的缘故，并没有更深层次的原因。可是，老人卖人偶却另有原因。我在读他遗书的过程中，心里不由得涌出一阵阵凄惶的酸楚。"

　　说到这里，古董铺子的老板下意识地朝里间看了一眼，仿佛那只人偶还摆放在那里似的。

　　接着，古董铺子的老板简要地给我介绍了老人遗书的内容。他说老人年轻时是个没什么名气的戏剧旦角演员，不过在鲜鱼口、大栅栏一带多少还有些影响。他与紧挨着打磨厂的一家药铺老板的女儿产生了恋情。据说，他师傅也从中帮了不少忙。就那么你来我往的，两情相悦，结婚成家。第二年，妻子生下了一个女儿。不幸的是，他妻子生产之后就患上了一种疾病，不治身亡。可怜他一个男人，独自抚育女儿。真是祸不单行，孩子三岁那年的夏天，京城瘟疫流行，可怜他那幼小的女儿也没能逃过。这一连串的打击，对于他一个无依无靠的人来说，真可谓是五雷轰顶，他心神都散了，什么事情都不想做了……过了许久，他终于又振作起精神，重新开始了演艺生涯。他用自己女儿的头发做成了这个"喜神"人偶。在后来的四十年里，就是因为这个人偶的存在，才给了他活在世上的勇气。风雨几春秋啊！老人这充满辛酸与苦难的人生之路，真令人感慨万分。三岁幼儿柔软的毛发，竟然成为这位年迈老人灵魂的支柱，他就靠着这恋恋难舍的回忆活了下来。后来，老人深深地感到暮年已至，靠着那段褪了色的回忆也没有力气再活下去了，于是，他就决定离开这个世界。他临终之时写了封遗书，把它放进了人偶的肚子里，表达希望能与人偶一起下葬的愿望。思来想去，当天晚上，他找到了古董铺子的老板，把人偶卖了……

　　"读完老人的遗书，一切也都真相大白了。可是，这样一来也就多了一个麻烦。您知道的，之前他的亲属已经给他举行过一个葬礼了。而这个人偶的来历又是这么的不简单，自然也就不能把它当成一件普通的商品来对待啦。但考虑来考虑去，我觉得它终归还是一只人偶，就按照老人的心愿，也让它入土为安吧。但都怪我太大意了，我要是自己亲手去把它埋葬了就好了。那阵子特别忙，我总是腾不出时间去办这件事，又怕老人在九泉之下着急啊，我就把这件事委托给别人去办了。谁知这是个利欲熏心的人，他非但没有按照我的吩咐去埋葬人偶，还把人偶转手给卖掉了……这样一来，又引起了一系列荒诞的故事。"

再说这只人偶，最终还是没有能够按照老人的心愿与之合葬，而是又回到了世间肮脏的欲海之中。但是，它不是一只普通的人偶。在戏中，它是连接杨四郎与铁镜公主感情的一个重要纽带，哪怕是被收藏在漆黑的衣箱底下，它也如神灵一样受到人们的尊重啊。就从人们神化人偶这一点上来看，也可以看出大伙对唱戏老人的苦难灵魂的同情与安慰吧。人偶被卖后不久，古董铺子的老板就病倒了，长时间卧床不起。人们纷纷传说，这是老板与人偶结下的孽缘。借着这个由头，街坊们又派生出了各式各样的鬼怪传说。他们只是悄悄地猜测古董铺子的老板与人偶之间的关系，而对于"八号"的大门为何被封、房子是否会被拆掉等这些事闭口不提。

关于人偶还有第二个传说。"八号"两间房子的门前有一棵长得十分茂盛的海棠树，有人说，树冠的形状很像戏中铁镜公主怀抱的婴儿。这样一来，岂不是完全符合了民间判断凶宅的标准？月明之夜，院子里不太高大的海棠树的影子，恰巧映照在房子中部窗棂的位置上。而在树影交错的线条当中，若明若暗地仿佛能够看到一顶带有花饰的帽子。很快，那些线条又变成了穿着行装的公主的影子……我盯着眼前的场景看了一会儿，只见那个影子慢慢地暗淡下去，不一会儿就消失了。唯有海棠树的影子，还与刚才一样，映照在窗棂之上。

话说到这个程度，大家大概不会再有什么疑问了。大门被堵也好，房屋被损坏也好，就都是顺理成章的事情了。这样一来，整个大石碑胡同就缺了"八号"这个门牌号码，也使得享有盛誉的北京的门牌号码制度蒙了羞。我们先不去管现在还有没有人在谈论鬼怪，鬼怪的传说在当时之所以能激起那么大的波澜，必然有其名目，而且必须是能够自圆其说的。就这样，人们口口相传，不断完善，自己制造了吓唬自己的鬼怪故事。这种情况，其实与世上普遍存在的"自嘲癖"很相似，也很值得玩味。也许，原本只是一些很小的事情，可由于某些人的愚蠢与卑劣，不知不觉中就闹大了，结果就制造出了那些既坑别人又坑自己的鬼怪故事。从发生在大石碑胡同"八号"的故事，我们可以清楚地看到，先是有人编造并传播了鬼怪故事，然后就把大门封了，把房子拆了。那么，再往后的事情，就算古董铺子的老板没有对我讲，我基本上也能猜个八九不离十：由于胡同的编号缺了"八号"，所以就有人借此添油加醋编造出更为离奇的鬼怪故事来吓唬人。我天生就是个胆小的人，因为那条寂静得快被人们遗忘的胡同里缺了个门牌号码，再加上流传的鬼怪故事，更加深了我的恐惧感。

钟楼上还在不停地传来悠扬的钟声，柔和的月光依然轻抚着蔷薇花沉醉的美梦，而吹过胡同口的清风，也不知何时已经带来了夏日的暑热。当秋天来到京城的时候，我漫步在大石碑胡同，想起"喜神"这个荒诞而又凄美的传说，仿佛又有一股温暖的潮水涌上了心头。

戏剧科班

我从北京回到日本之后，遇到一些喜欢戏剧的朋友，他们都会很关切地问长问短。他们特别担心"卢沟桥事变"之后，北京的戏剧界会衰落得不成样子。

其实，他们所担心的那种情况完全不存在，只不过是他们的想象罢了。可以这样说，"卢沟桥事变"之后，北京戏剧界的局面恰恰与他们所想相反，呈现出百花齐放的景象。当然，去年七月"卢沟桥事变"刚发生的时候，由于"戒严令"，北京全城的戏剧演出确实一时出现过颓势。当时，军方实行宵禁，城区布满了堑壕工事，军队来往巡逻，保安队实施戒严……这样一来，北京城人心惶惶，戏剧的夜场演出只能被迫停止。当然，白天还是开场演出的，但观众也只有之前三四成的样子。

从 7 月 27 日起，侨居北京的日本人全部被集中到了交民巷，实行封闭式管理。我们躲在交民巷的建筑物里，每天都听着隆隆的炮声，所有的娱乐活动全部停止，茫然不知所措。战争会如何发展？今后的生活该怎样安排？心里都没底。即使是现在，想起当时的情形，我还心有余悸呢。"卢沟桥事变"发生之后，硝烟弥漫的北京城，几乎每天都在下雨，就连那些与往年夏天一样绿森森的槐树、清香的合欢花，都似乎给人们带来了更深的恐惧与不安。但随着战事的快速推进，北京城安然无恙，一草一木都没有受到损伤。我们这些被封闭在交民巷的日本侨民，大多在半个月之内，就从"封城"的桎梏中解脱了出来，全部回到了原来的住处。当然，禁虽然解了，但从日本侨民的安全出发，还是划定了禁止活动的区域，限制日本人的活动，防范可能出现的风险。摆脱了封闭式管理的阴影，出于兴奋与好奇，我便悄悄溜达到闹市区的天桥①一带看热闹。正如我想的那样，天桥一带既没有了往日的人头攒动，也几乎看不到那些变戏法的、唱大鼓的、说书的杂艺表演。当然，也并不是说完全没有，在先农商场那边的角落里，就有五六个听众围着一位十七八岁的姑娘，在听她唱河南坠子②呢。我记得，那天她唱的曲目叫《蓝桥会》，我也凑到前面，做了她的观众，在夏日午后炎热的阳光下，稀里糊涂地消磨了一下午的时光。

北京人看戏是有瘾的，就像吃饭一样，一天都缺不得。可是，

① 天桥：是北京市原宣武区永定门内大街中段附近地区的统称。在清朝与民国年间，这里曾经是北京最大的市井娱乐中心，许多民间艺术家在天桥撂地表演，各种流行于中国北方的民间艺术形式在这里都能够看到。北洋政府时期，还在天桥地区兴建了新世界游艺园、城南游艺园等现代游艺设施。天桥文化是旧北京社会底层文化的代表。
② 河南坠子：是由流行在河南和皖北的道情、莺歌柳书、三弦书等曲艺结合形成的比较独特的传统曲艺形式，俗称"坠子书""简板书"或"响板书"，因使用河南坠子弦（又名坠琴）伴奏而得名。源于河南，约有一百多年历史。

唯独去年夏天，天桥的露天演出一直不景气，这实在也是十分无奈的事情。通常每年夏季，都是戏剧演出的淡季，许多名演员们都会休演，所以，天桥的露天剧场也就格外兴盛，但只有去年的夏季是个例外。

一般来说，到了秋天，北京的各大剧场就都开张了，阵容十分豪华。去年的阵容虽说称不上"豪华"，但也都按照惯例开张了，不能不说是令人意外的好气象。这种情况虽说有些让人感到意外，可要是仔细一琢磨，又似乎是在意料之中。

剧场老板为了招徕观众，大大降低了戏票的价格。这样一来，对于经历了七八两个月酷暑压抑的观众来说，自然是个大喜讯。这应该就是剧场票房大增的一个主要因素吧。"卢沟桥事变"在戏剧演出的淡季突然发生，众多的名伶相继从外地回到北京。这些名伶的归来，使得北京的剧场演出呈现出空前的景象。这种状况用北京人的话说，叫"随喜"。"随喜"是什么意思呢？就是指普通观众能够长时间廉价地看好戏。

我们暂且不说"卢沟桥事变"，单说北京的戏剧界罢。从去年到今年可称"多事之秋"：在中国戏剧界有"十全大净""金霸王"之美誉的金少山从上海归来，位于前门外的大剧场——第一舞台失火，名伶杨小楼、王又宸①去世，程继先②隐退，对世称"评剧大

---

① 王又宸（1883—1938）：京剧老生演员。字痴公，号幼臣，原籍山东掖县。1911 年弃官从艺，辗转演于北京、天津、上海等地。1918 年曾以鸿庆班头牌老生演于天津大新舞台，与荀慧生合演《乌龙院》等剧，极受欢迎。
② 程继先（1874—1942）：京剧演员。一作程继仙，原籍安徽潜山。著名京剧老生演员程长庚之孙、鼓师程章甫之子。幼小入荣椿科班，习文武小生，与杨小楼同科。

王"白玉霜①的"驱逐令"撤销，等等。由于这些事件都是在"卢沟桥事变"的背景下发生的，所以格外引人关注。"卢沟桥事变"前后，戏剧界发生了如此巨大的变化，所幸的是兴盛依旧。这除了我前面说到的一些原因外，最主要的因素，还应该是北京人喜爱戏剧的热情吧。

在这篇文章中，我想向读者诸位介绍的，是有关"戏迷之都"北京的两个重要的戏剧培训机构。

作为一个戏剧的爱好者，你一定会问：在戏剧演出繁盛、戏迷众多的北京，一定有戏剧演员的培训机构吧？当然有啊！它不光是戏剧人才的培训机构，还是全年365天从来都不休息、每天都要开场演出的演出团体呢。并且，这样的演出团体备受社会各界的青睐。从这一点上来讲，日本的青年歌舞伎以及戏剧演员的培养机构是远远赶不上它的。

北京有两家戏剧教学机构，一是富连成科班，一是戏曲学校。成立这两个机构的目的，不用说，都是为了培养戏剧演员。但要是仔细研究的话，就会发现这两家是性质完全不同的教学机构。这一点，也恰恰是引起我兴趣的地方。富连成科班是家具有三十多年历史的戏剧教学机构。可以说，当今活跃在中国戏剧舞台上的大部分明星，都出自这里。而与之相比，戏曲学校成立只有短短八年，并

---

① 白玉霜（1907—1942）：女，旦角演员，评剧表演艺术家。原名李桂珍，又名李慧敏，河北滦县人。莲花落艺人李景春之女。有"评剧皇后"之誉，"白派"艺术的创始人。

没有听说出过什么能够与前辈们相提并论的知名演员。我说到这儿，你可能会想：富连成科班是旧式的演员培养机构，而戏曲学校是后起之秀，在某种意义上讲，这两个培训机构是具有相互对抗性质的教学机构吧。事实也正是如此。

富连成科班位于京城前门外的虎坊桥路南侧。这里聚集着100多名十一二岁至二十来岁的青少年，他们每天都要进行艰苦的训练。一天早上，我在富连成科班出身的、已经颇负盛名的叶世长①的陪同下，参观了富连成科班。走进大门，迎面是一堵影壁②。再往前走，院子很长，显得特别幽深。院子的两侧是一排排狭窄的练功间，每个练功间里都有少年在练唱。我在一个练功间的黑板上，隐约看到《春秋战国史》课程留下的板书字迹。教室后面的墙壁上，贴着徒弟们画的画、练字的习作等。显然，富连成科班的学员们，除了练功之外，也在学习文化课程。不过，它的看家本领，当然还是对孩子们在技艺方面的严苛训练。关于这一点，只要看过富连成班演出的人，都会深有感触。例如，在演出《水帘洞》《金钱豹》一类讲究技能的戏的时候，其技艺之精湛，恐怕是如今任何一个剧团也比不上的。我曾经亲眼见识过富连成科班的训练是怎样的严苛，怎样的一丝不苟。应该说，他们在舞台上的精彩表演，完全是平时

---

① 叶世长（1922—2001）：即叶盛长，京剧演员，文武兼长。原籍安徽安庆，生于北京。为富连成科班创始人叶春善的第五子。师从萧长华、雷喜福、张连福、马连良等。出版有口述的《梨园一叶》一书。

② 影壁：也称照壁，古称萧墙，是中国、朝鲜半岛、越南、琉球传统建筑中用于遮挡视线的墙壁。作用与屏风相似。影壁可位于大门内，也可位于大门外，前者称为内影壁，后者称为外影壁。

严格训练的结果。众所周知，中国戏剧特别讲究技能，但那也绝非中国戏剧的全部。武艺训练之猛烈，简直超乎常人想象；而唱功以及表演的种种练习，也同样是倾注着演员心血的一种磨炼。我站在那间有些阴暗、略显寒冷的狭窄的练功房里，亲眼看着那帮孩子们专心致志地练习戏功，内心充满了感动——这不就是富连成科班出身的一代名优，如马连良、筱翠花、马富禄、谭富英等人曾经走过的艰苦历程吗？想到这里，泪水禁不住潸然而下。

从教学方法上来看，富连成科班经常分组上课，但主、配角的功课主要还得靠个人单独练习。我去的那天，正巧遇上魏连芳在一间阴暗的练功间里辅导李世芳练习舞蹈。那天，我还与后来成为名角的黄元庆、刘元彤等少年交谈过，得知他们平日里生活简朴，衣食粗鄙，心里除演戏之外，再无杂念。

上午，他们练功结束后，下午都得登台演出。"以演促学"，也同样是他们演习技能的重要形式。演习分为"昼戏"与"夜戏"，昼夜交替着演出。而且，昼场与夜场戏的内容是不重复的。北京人既能看到富连成科班的流行剧目，也能看到难得上演的稀有剧目。所以，他们就在这样的戏剧氛围中，熟识了戏剧知识，培养了对戏剧的爱好与热情。由此可见，富连成科班演出的戏剧节目，即便在盛夏之际也是场场客满，就不是一件稀奇的事情了。

我也曾经看过戏曲学校的演出，氛围完全不同。戏曲学校的学生都住校，学费一概免除。但作为交换条件，每天下午的演出也是没有报酬的。在这一点上，倒是与富连成科班的制度完全一样。不过，与富连成科班把技艺训练放在第一位的做法相比，戏曲学校采用的完全是现代学校的教学方式。所以，两者相比，戏曲学校的设施是一流的，是富连成科班所无法相比的。

富连成科班开设在前门外，是个很嘈杂的地方。而戏曲学校则位于北京大学北边的河沿旁，环境十分清雅幽静。由于戏曲学校距离我的住所很近，所以，平时散步时，我都会从学校的门前经过。学生们去外场演出，都是乘大客车前往剧场。这一点也是富连成科班的少年们所望尘莫及的。富连成科班的学徒们一般都徒步，或是坐着脏兮兮的洋车去剧场。

戏曲学校的课程安排，远比富连成科班全面。习字、绘画、作文、历史这样的一般课程就不用说了，还开设了英语、法语等外国语课程。修业年限基本上与富连成科班相同，为六年制。当时在校学生有100多名。在招生方面，二者之间的区别是，富连成科班只招男生，而戏曲学校也兼收一部分女生。戏曲学校除了有上课用的教室，还有医务室、图书馆等设施。练武室里，搭建着又宽又高的舞台。可富连成科班的练武室，既是徒弟们练武的地方，也是他们吃饭、睡觉的地方。戏曲学校是绝不会出现这种情况的，男女生分别有各自的宿舍。我曾经参观过戏曲学校学生宿舍的洗脸间、浴室等设施，这两家戏剧人才培训机构之间设施条件的巨大差距，令我大吃一惊。

据说北京梨园界位列青衣第一名的程砚秋，就给过戏曲学校很多帮助。但是，我看他们的演出，功底还是远不如富连成科班的。我认为，这不光是因为富连成科班成立的时间长而戏曲学校成立的时间短。作为一个培养艺术人才的机构，设施完备固然重要，但这并不是教学质量和学生成才的决定因素。

我们可以这样认为，富连成科班与戏曲学校，一个是"老铺"，一个是"新店"。事实上，北京人也是这样看的。而我想说的是，这两家机构，前者是中国戏剧传统"美"的代表，后者则是"新"的时代、"新"生力量的代表，它们各自都对北京演艺文化的发展做出了举足轻重的贡献。今年春天，尚小云在京城新开办了荣春社①。荣春社的壮大与发展，必将为北京的戏剧培训机构带来更强有力的竞争，也会给北京未来的演艺事业带来更多新的气象。

---

① 荣春社：1937 年由尚小云在北京筹办，1938 年正式成立。共办两科，学生以荣、春、长、喜四字排名。该社的演出剧目，除大量的传统戏外，还有许多新编本戏，如《崔猛》《荒山怪侠》《九曲黄河阵》等。

街巷的声音

　　我要是说如今东京街巷，各种物件发出的声响大多消失了，也许有人会感到奇怪。但我没有瞎说，这是事实。我们从小听惯了的那些令人备感亲切的声音，那些能够给人们带来浓重季节感的声音，如今大都已经消失了；而那些侥幸保存下来的，也都淹没在各种机械的噪音里，再也不能给人们带来当初的愉悦感觉了。如今的街巷里，早已失去了那些优雅的风情。那些卖苗木、卖风铃的叫卖声，似乎已经与如今的东京毫不相干了。午睡醒来时，耳畔即使还会响起罗宇屋①的汽笛声；梅雨初晴的日子里，寂静的坡道上偶尔还会响起击鼓声，但再也感受不到往昔的魅力了。但是，在北京的胡同里，在苍劲的老槐树下，那些物件的声响依然如旧。这对于熟知东京往昔的人们来说，怎能不是极大的欣喜与安慰呢！行走在北

---

① 罗宇屋：旧时日本修理、保养烟管的店铺。

京的街道上，听着街道上那些物件发出的声响，我有一种时光倒流的感觉。虽说此地非彼地，此物亦非彼物，可今日北京与往昔东京的景象，同样充满情趣。眼前这些生动有趣的生活场景，不仅勾起了我对旧时东京的记忆，更增添了我内心深处的倾慕之情。

北京的内城是在居民区的基础上发展起来的，并且这种结构一直延续到现在。这里的居民大多从送货上门的货郎手里购买日常用品，所以，我们每天都能见到许多走街串巷的货郎。为了便于顾客识别，货郎们就得弄出自己特有的声响。

胡同是由高高土墙围起来的，就像一根管道似的，具有极好的通透性，利于声音传导。比如，叫人力车的时候，根本就用不着跑到人力车停放点，只要打开自家的大门，对着胡同口亮开嗓子喊两声："人力车！人力车！"这时，或者从胡同的东口，或者从胡同的西口，马上就会有拉着洋车的车夫跑过来。在胡同里，无论多么细小的声音，都会被放大许多倍，都能听得清清楚楚。这也是胡同的显著特点之一。利用胡同的这种特性，货郎们发明了各种不同的叫卖声，做起了行商①生意。位于街巷深处的胡同，到处都长着槐树。槐树枝繁叶茂，绿荫森森，把胡同遮蔽得如同深坑一般寂静。从这些胡同深处发出的叫卖声，或惆怅忧伤，或阳刚欢乐，或飘逸洒脱……总之，各有各的情韵趣味。于是，这边的大门开了，那边的大门也开了，女孩子们嬉笑着跑过来，将货郎的担子团团围住。

---

① 行商：指没有固定营业场所、流动贩卖货物的商人，与坐商相对应。以前多指"货郎担"，挑担者多为年轻男子，人称"货郎"。他们游走于村屯乡里、城镇街巷，一般使用拨浪鼓、小锣等响器来招徕顾客。

早晨或是傍晚，满胡同都会响起"呜呜咽咽"卖水车的车轮声。城里用水不方便，卖水车就成了市民生活中不可或缺的部分。小贩们用小车推来的水，远比自来水便宜，所以，居民们用的大多是这种水，人们称这种载着水箱的车为"水车"。水车是独轮的，小贩在后面推车。车子推到居民家门前，停下车，用一根木棒支撑住。这样，水车就不会倾倒了。此时，只见小贩打开水龙头，把水放进小桶里，再用扁担挑进居民的家中。按照惯例，卖水一般都是包月的，所以，送水的人大多是不声不响地进来，再不声不响地出去。不过，这种卖水车来的时候，居民们远远地就能听到它的声响了，那种声响听上去像是一种悲鸣。水车进入胡同之后，要在谁家的门前停，从车子行进的节奏上是能够判断出来的。我初到北京的时候，住在僻静的胡同里，恰巧赶上了炎热的夏天，最先听到的就是这种水车的声响。也许是这个缘故吧，自那之后，只要一听见水车的行进声，无论是在秋天，还是在春天，我的心底都会瞬间涌动起炎热夏天的感觉与情思。到了冬天，水车的水箱上会挂满冰凌，而从水箱里流进小木桶的水，给人一种特别清亮的感觉。当然，这种水倒也未必有多么干净——水这么倒来倒去的，谁能保证不会落入灰尘之类的？但这并没有关系，寒冷的冬天的早晨，从水车的水箱中放出来的水，仅看水色，就显得特别的清爽。这些卖水的都是山东人，他们做生意也是"抱团"的。他们相互间的关系类似帮派团体，十分密切。

　　"剃头的"敲镊子发出的声响，听上去有一种慵懒的感觉。所谓"剃头的"，正如字面的意思那样，就是剃头匠。在中国，穷人家的孩子、从事体力劳动的工人以及仆人，一般都是剃光头。尤其是年幼的孩子，除了在头顶前部留一撮毛外，其余的头发全部剃掉。在日本，也有在头顶上留下一撮头毛的习俗。虽然两者有些相似，但中国人留头发的方式，在日本人看来，还是有些奇怪。"剃头的"肩上挑着的担子，俗称"剃头挑子"，里面放着供顾客用的围裙，以及洗脸盆之类的剃头工具。他们一只手里拿着把大镊子，另一只手上拿根金属棒，边走边使劲用金属棒敲击镊子。敲击之下，镊子就会发出"当当——"的声响，余韵悠长，很有韵味。那悠长的余韵，实际上是一种令人愉悦的慵懒之音，仿佛给人催眠似的。最是柳絮纷飞的季节，听到"剃头的"敲击镊子发出的声响，别有一种寂寞的滋味在心头。此时的柳絮，开始如同雪粒或是蒲公英的毛毛一样四散纷飞，在微风的吹拂下，不知不觉间，就聚成了一个个大团儿，在院子的角落里，在石头台阶的旁边，一边打着旋儿，一边不停地来回滚动。洁白得宛如轻盈的羽毛般的柳絮团儿，在人们的眼前轻盈地滚来滚去，给人一种哀怜的意象。要是把它捡来捧在手上，又感觉不出一点儿重量。一不留神，它又会飞出你的手掌，随微风翩然起舞，飘落在地面上快速地打起旋来。在你入迷地看着柳絮打旋儿的当口，耳畔断断续续地传来"剃头的"敲击大镊子的声响，简直如同梦幻一般。我总觉得，他们敲击镊子留下的余韵，似乎更增添了胡同的寂寞与惆怅。

"剃头的"用的挑子是红色的。最好玩的是他的围裙，上面缝着许多口袋，口袋里装着各式各样的小工具。说句逗趣的话，就这么个红颜色的围裙，将来要是挂到画室的墙上，人们还以为是"印象派"大师的作品呢。

尖利的声音是"卖线的"手中的扁鼓摇出来的，而洪亮高亢的声响，则是"磨刀的"挑子里的铁拍板①发出来的。"卖线的"一边推着小车叫卖，一边摇着小扁鼓招徕顾客。他们摇的那种鼓，构造上虽然与日本的拨浪鼓相同，声音却显得特别澄净而锐利。天空中的鸽哨声，地面上胡同里"卖线的"摇着扁鼓的声响，都很容易令人想起夏天那强烈的阳光与干燥的空气。"磨刀的"所用的铁拍板，是将数块铁片穿在一起，敲击时能发出很大的声响。由于铁片与铁片之间产生的余音会相互抵消，而且铁片的分量很重，所以，这种铁拍板所发出的声音显得特别高亢、特别响亮。

"卖古玩的"所使用的小鼓，直径只有一寸四五分，用鼓槌敲响。这种鼓虽然很小，声音却很尖锐，具有穿透性。它的声音显得特别干燥，没有一点儿余韵。

给人可爱又滑稽的感觉的，要数铁匠所用的响器了。这种响器不是用手来摇动的，而是挂在挑子的扁担上，随着走路的步子，自然发出声响。铁匠们在挑子前面挂一面小铜锣，再在铜锣的两边挂两块铜片。走路的时候，铜片碰撞铜锣发出声响。这种声响很动听，但这样的装置又给人一种滑稽的感觉。铁匠也是挑担子的行商，做些修补瓷器、小金属物件的活儿。

说到滑稽的人，还有那些卖厨房用具的小贩。他们在挑子上挂着瓢，是用来舀水的。所谓"瓢"，就是将圆葫芦锯成两半的一种厨房用具。这些卖厨房用具的小贩，一边用棒子敲击葫芦瓢，一边慢悠悠地在胡同里行走。虽然走得很慢，可手里敲击葫芦瓢的频率却很快。用什么来形容他们敲击葫芦瓢的节拍呢？我想了很久，似乎

---

① 铁拍板：把几块铁片叠在一起，摇动时发出很大的声响。

有许多跟它相似的：夏天卖冰棍的，用一块小木板在冰棍箱子上"啪啪"地敲打，就与它很相似；又像是电车司机，用脚连续不断地踩着警铃。厨房用具与冰棍、电车这三者之间原本是没有关系的，但他们以同样频率的节奏敲击响器，不能不说很有意思。

也有敲着梆子叫卖的，那是卖油、卖食品、卖油糖①的商贩。所谓"梆子"，就是指形状如同木枕头般大小的木制响器，用棒子敲击时，会发出很响的声音。声音虽然也很高亢，却显得有些空寂。在中国，"打更的"用的都是这种梆子，至今依然如此。在中国，夜间没有像日本那样在指定区域徒步巡查的警察。他们所配备的，是手持梆子的警察，夜里四处巡查。我居住的地方，紧挨着北京大学学生宿舍的北边，每天夜里都能听到这种梆子的声响。高亢而又空寂的声音，仿佛在传递着中国式的感伤。在戏剧中，表示深夜的场景，一般也都有演员手持梆子出场。与梆子相比，日本的拍子木②敲出的声音要好听得多。

在北京胡同里奏响的各种响器中，最受市民喜爱的应该是铜锣吧。同样是铜锣，形状有大有小，发出的声响自然也就有粗有细。而铜锣的敲法不同，发出的声音也各有不同。余韵都是悠长的，但有的下沉，有的上扬，各具韵味。说起来，最擅长辨别铜锣声音的还要数孩子们。那些好奇的孩子们，几乎每时每刻都在盼望铜锣的声音响起——那些诱人的玩具、香喷喷的糕点、亮着油光的糖人

---

① 油糖：以前流行的一种儿童食品。

② 拍子木：日本用于打拍子的木板，双手各持一块，拍打时发出"亢亢"的声响。自古以来，拍子木在日本的用途就很广泛。

儿……不都是货郎们敲着铜锣送到面前来的？儿时的我，就特别喜欢货郎挑子上出售的玩具。例如，在纸人上面穿上一根细竹棒，上下拉动竹棒时，纸人的眼睛居然能跟着动。再说不倒翁的底座吧，虽然是用泥巴做的，但同样能够赢得我们这些小孩子的喜欢。这不就足够了吗？工匠们用来糊纸人的纸张，一般都是蓝纸或者红纸，制作工艺粗糙、笨拙，但价格便宜，又好玩。也许正是因此，才更加赢得孩子们的喜欢。

在敲铜锣的营生当中，还有"耍猴"与"耍猴栗子"[①]这两种把戏。说到耍猴，我竟不知该说是"耍猴"好，还是说"耍狗"好。总之，就是流浪艺人们手里牵着猴与狗，指挥它们合着敲击铜锣的节拍声卖艺挣钱吧。卖艺人手里的铜锣，既是招徕观众的工具，也是耍猴表演的节拍器。不用说，铜锣是用来敲的。卖艺人敲一阵，马上用手指按住铜锣，好抑制住铜锣的余音不再扩散，嘴里还念念有词。这是用猴艺表演获得观众施舍的一种营生。卖艺人天天走街串巷，四处流动卖艺。所谓"耍猴栗子"，是指在街上四处卖艺的傀儡戏艺人。他们在胡同口旁摆下摊子，敲响铜锣招徕孩子们，通过演傀儡戏挣钱。演到精彩之处，艺人就会停下表演，伸手向观众要钱。有时，大户人家需要热闹的时候，也会邀请他们上门演出。"耍猴栗子"的艺人虽然不卖东西，但也是挑着担子的。他们在摆场子的时候，以挑担的扁担为支柱，拉上布帘子，再将装着锣鼓乐器的

---

① "耍猴栗子"：即傀儡戏，也称木偶戏，老北京人俗称"呜丢丢"，行内人称之为"耍猴栗子"。表演时，艺人钻进蓝色布围，以扁担为支柱，下面放一个箩筐置锣鼓乐器，上面支起一个小型戏台，一个人连演带唱，再加上伴奏，手口不闲。

箩筐放在下面。这样，很快就搭起了一个小小的"戏台"。表演用的木偶和道具之类的，全都装在一只圆形的收纳箱里。表演时，艺人钻进布帘子，一个人连演带唱，还要伴奏，看上去特别忙碌。从观众的角度看，就只能看到布帘子与那个用箩筐搭建起来的小"戏台"。当然，光靠一根扁担，"戏台"是立不住的，必须倚靠在房子的墙壁上或是院子的围墙上。这个"戏台"虽然小得不能再小，却还分成"前台"与"后台"两个部分，"前台"是用来表演的，"后台"则是用来放置道具的。艺人在"后台"箩筐的上部钉了许多钉子，预先把表演时需要用的木偶等物件挂在上面。这样，他表演时就不用一个一个地在地上的收纳箱里翻找了，要哪一个就可以随手拿到，可谓得心应手，毫不费劲。

艺人们在街头卖艺时，一身兼了中国戏剧中的三个要素，即表演、念白和唱，所以显得特别忙碌。当然，在兼任表演、念白和唱这三样活的同时，还得演奏乐器。艺人们的乐器也演奏得很好，不过，他用的不是胡琴，而是在嘴唇的上部衔一支小小的笛子。这支笛子就像草笛[①]一样，能够根据艺人表演的需要，演奏出各种各样的旋律。而需要念白时，他们用舌头舔一下，小笛子便歪挂在嘴边上了，并不影响他们念白。同时，艺人的手上还得操纵木偶，敲铜锣。充当主角的木偶制作得十分精致，而用作配角的木偶则就做得比较粗糙。木偶当中也有一些很小很小的，差不多只有拇指般大小。由于观众都是孩子，所以，艺人们就按照皮黄戏的路子，用最简单的方式来表演。我注意到，艺人在表演时，不光夹杂着皮黄戏的要

---

① 草笛：指用草叶做成的笛子。

素，甚至还带有评剧的味道。我很想知道最原始的傀儡戏是怎么演的，可打听来打听去，也没有人能够给我满意的答案。我想，如今，大概就连卖艺的傀儡戏艺人也不知道地道的傀儡戏是怎么演的了吧。看得出来，街头的傀儡戏表演，也只有那么一鳞半爪是属于傀儡戏特有的演技。

例如，我常常看街头艺人演出《武松打虎》这出戏。但傀儡戏艺人所演的《武松打虎》，与剧场所演的完全不是一回事。傀儡戏也算一个很古老的剧种。在"耍猴栗子"的表演过程中，最好玩的就是扮演小丑的木偶出场，嘴里絮絮叨叨地说许多打诨逗趣的话，说着说着，艺人就将一个系着线绳的盒子挂在舞台的栏杆上，央求观众："各位老少爷们儿，请给咱施舍点小钱吧。"要是有人往盒子里投了很少的一点钱，他就会说还不够，请再给施舍点儿吧。要是再有人往里投钱的话，他就会深深地鞠上一躬，然后继续表演。这是在街头表演的杂艺，与前面所说的"耍猴"当中的猴子讨钱是不是一回事呢？这是自古传下来的习俗吗？傀儡戏表演时，都是由"小丑"在演出的间隙出来讨钱？如今，这些问题已经很难弄清楚了。其实也没什么，只是我对这种现象感到好奇罢了。

"耍猴栗子"所表演的内容，也无非就是《水浒传》《三国演义》《西游记》等故事。有意思的是，衔在艺人嘴里的那支小笛子，在他特别忙碌的时候也能派上用场。比如，在他伸手从地上的箩筐里拿东西的时候，为了分散观众的注意力，嘴里便巧妙地吹奏起各种各样的曲子来。在艺人吹奏的那些曲子当中，既有散板①，也有

---

① 散板：中国音乐术语，指一种速度缓慢、节奏不规则的自由节拍。

摇板①，还有快板②，有时还会夹带着演奏一段昆曲。艺人所演奏的，虽然是一些杂七杂八的曲调，但他们样样精通，也不得不令人叹服。演出结束后，那根立在地上的"戏台"的"柱子"又变成了扁担，而那个小"戏台"，还有那只圆形的收纳箱，也恢复成了一副挑子。而这个一人扮演所有角色的艺人，又"镗镗"地敲着他的铜锣，悠游去了别的地方。

街头的傀儡戏，缘何会用"耍猴栗子"这样一个名称，我始终没有弄明白。不过，平时人们都是这么叫的，想必总有它的道理吧。

北京那些纤细得如同竹竿一般的胡同，大多是曲里拐弯的。只有东安市场前面的金鱼胡同、总布胡同是个例外。有些大胡同里面还会派生出许许多多的小胡同，有些胡同虽然不会派生出小胡同，可弯弯曲曲的，令人晕头转向。不过，我倒是觉得，唯有这样的胡同才是充满着情趣的。

总而言之。响器之所以能够引起人们的兴趣，之所以能够将生活中细微的东西浓缩给人们看，与北京的胡同有着密切的关联。小胡同很不规整，有时，走到中间发现它突然变宽了；有时，拐了个弯，发现前面突然变窄了。大户人家的门前，一般都建有被称作"八字门"的类似屏风那样的墙壁。而这种"八字门"，我们也能够在胡同里面比较宽阔的小片空地上见到。各式各样的货郎、街头艺人聚集到那里，一个劲儿地吹奏他们各自的响器。那些地方虽然平时鸦

---

① 摇板：中国音乐术语，指传统戏曲中紧拉慢唱的一种板式。
② 快板：中国音乐术语，指每分钟演奏120—168个节拍，表示欢乐的含义。传统中国音乐中的快板意义有所不同。

雀无声，可一旦这帮人来了，并且一起吹起响器的话，立刻就会变得热闹非凡，三五成群的小媳妇、大姑娘、小孩子、老大娘都会趁势过来凑热闹。头顶上是明媚的阳光，花花绿绿的衣衫在微风中暗香浮动，闲杂人等也跑来借机搭讪……其实，这里就是一个小小的游乐场，一个小小的社交场。附近的居民既可以在这里买东西，又能够让孩子们痛快地玩乐，自己也可以开展适当的社交活动。

在北京，除了前面说到的胡同里的那些空地以外，城里也到处都能看到一块块闲置的空地，小商小贩们经常来这些空地上做买卖。此外，傍晚时分，人们在这些空地上吹吹打打地举行"接三"仪式，也是北京城里一道很有趣的风景。

所谓"接三"，就是在人死之后第三天所举行的祭祀仪式。这一天，亲戚朋友都聚集到死者的家里，黄昏降临时，大伙儿手持长长的香烛、人偶以及纸做的车马、房子等"冥物"，排成队列，前往事先确定的祭祀场所。

远远望去，"接三"的队伍奇形怪状、五颜六色，十分吸睛。纸糊的房子就不必说了，那些人偶、车马之类的东西，也都是仿照着实物的尺寸制作的。制作工艺十分粗糙，纸张的色彩又特别的艳丽，完全就与地摊上出售的廉价玩具一模一样。然而，那些行走在这冥物飘飘的队列里的人们，手持火炬一般的香烛，脸色却是悠闲而平静的。

按照常规，丧家事先会在城区或是城墙根下物色好相应的空地，"接三"的队伍到达之后，人们就开始用手里拿着的香烛点燃那些"冥物"。待焚烧"冥物"的火焰渐渐熄灭，参加"接三"的人们也都纷纷散去。再回望那块空地，依然像人们聚集前一样，空荡荡的，什么都没有，只有薄薄的烟雾在上空缭绕，久久不能散去。尤其是在秋天的傍晚，最能催人泪下的，与其说是死人这件事情，倒不如说是空地上那凄凉的景象。刚才还在熊熊燃烧的火焰，白天货郎们热热闹闹敲铜打鼓的喧闹，都自然而然地会在人们的心里苏醒过来。

说起来，那些卖货不用响器招徕顾客的小贩，他们扯开嗓子叫卖的声音，也是别有情趣的。

在北京城的胡同里每天都能看到的，除了卖水的推车外，就是早晚都会来的卖馒头、烧饼的小贩。一大清早的，我的睡意还没有完全消退，耳畔就会传来他们的叫卖声。他们的叫卖很有特点，有的像一阵惊雷似的，仿佛是怒火中烧的叫骂；有的把尾音拖得很长，如同莺燕婉转。每每听到这样的叫卖声，我朦胧的睡意就仿佛都交付给了徐徐的晨风，从心底流露出一种舒畅与快慰。在我家的墙外，每天晚上都会有卖萝卜的小贩来做生意。这种萝卜与日本的不同，没有日本的萝卜那么辣，说它是一种水果似乎更为贴切。北方人冬天烤暖炉，容易口渴，吃这种萝卜有解渴的功效。而那些卖萝卜的小贩的叫卖声，在傍晚的胡同里显得特别好听。

日本的端呗①曲目《黄昏》中有一句歌词是"张起了帆的船……"，而那个卖萝卜的小贩的叫卖声，就与这句歌词中的节奏完全一样。他叫卖道："萝卜哎——"将尾音拖得很长很长。他的嗓音雄浑好听，又恰巧与端呗歌词的旋律暗合，我就觉得特别有趣。所以，只要他来我家墙外叫卖，我都会竖起耳朵仔细聆听。

---

① 端呗：日本江户时代发展起来的一种歌曲。

小贩的叫卖声是否悦耳动听，直接影响到顾客的心情，当然也就直接影响到他们的生意。或者说，他们的叫卖声尾音是否悠长动听，是他们生意成败的重要因素。比如，夏天的时候，卖金鱼的小贩来了，他的叫卖声是这样的：

"贸吆——大小——小金鱼儿来吆——"

要是按照日本人的叫卖方法，大概就是：

"喂喂，买金鱼，买金鱼喽，大的小的都有啊——"

而在北京人的这种叫卖声中，这个"吆"字和"来吆"属于尾音的部分，是可以拉得很长很长的。在"大小"那个地方做一个停顿，而"小金鱼儿"的发音又比较急促。这样，整个句子的节奏就显得抑扬顿挫，具有浓厚的趣味性。

过了农历五月初五，就像日本开始卖秧苗一样，北京人也开始卖花苗了：

"哎，栽花唻栽花，栽凤仙花唻，栽江西腊①呀！"

"哎""唻""呀"属于调谐音节，在这里没有什么实际的意义。大概意思是说：喂喂，栽花，栽花。有凤仙花，也有江西腊。

"卖花生的"招徕顾客时是这样吆喝的：

"抓半空儿多给，花生唻——"

他的意思是说：你要是买到我一个空花生，我就赔给你更多。

的确，花生有时会出现空壳的情况，不过，又很难用一个"空"字来概括。比如，原本一个花生壳里应该有两粒花生米，可剥开一看，只有一粒。遇到这样的情况，"卖花生的"就会再送你一些作为

---

① 江西腊：一般指翠菊。

补偿。我想，这无疑是卖花生的商贩招徕顾客的一种技巧，同时，也体现出中国人在买卖中一种大度的气质。

　　"卖冰激凌的"和"卖冰的"的叫卖声各有不同，但一般都比较热闹。在这里，我挑一两种说给你听听——

　　　玉泉山的水唻，护城河的冰。
　　　喝进嘴里头呀，沙沙又楞楞。

　　　冰儿激的凌唻，雪来又来落。
　　　又甜又凉来呀，常常拉主道。

　　　一大钱一杯唻，你就尝一尝。
　　　多加上桂花呀，多加上白糖。

　　小贩们吆喝的内容当然都是他们贩卖的商品，重要的是他们的吆喝声十分流畅，加入了许多调谐音节。例如，在"冰激凌""雪"这些已经能够表明意思的名词后面，又添加了"儿""的""来""来落"这样一些并不表达任何意思但能使得吆喝的节奏更加流畅的字与词语。这样一来，他们在叫卖的时候，就很像是在唱歌，乍一听，给人一种很舒服的感觉。中国人说话的声音很高亢、洪亮，他们用这样的声音叫卖，显得特别动听，也显得很有底气。不用说，这样的吆喝声，也是对他所兜售的商品的一种最好的宣传。

　　其他还有像"卖门帘儿的""卖杏儿的""卖葡萄的""卖枣儿的""卖胡瓜的""卖西瓜的""卖粽子的"，等等，都有各自吆喝叫卖的特色。说到粽子，我又想起了端午节，而枣子则给我带来了"秋天到了"的季节感。所以说，这些叫卖的吆喝声，对于居住在古都的人们来说，还兼具报道季节信息的功能呢。因此，有时关门闭户在家待了几天，突然听到外面传来高亢的叫卖声，我就会下意识地朝院子里的水缸看一眼——不知何时，秋日天空的色彩已经映照在了波平如镜的水面上。

北京还完整地保存着往昔东京城市的声响，这是我在这篇文章开头就说过的话。当然，两者之间只是情趣上略有相同而已，绝不是说那些声响都是一模一样的。不过，有一种声响，以前在东京到处都能听到，现在已经完全销声匿迹了，可在北京依然能够听到，那就是弹棉花的弓发出的"乒乒乓乓"的声响。每当听到这种声响，就会唤起我对儿时东京的美好记忆。虽然我不敢肯定，现在北京人使用的弓是不是与当时东京的匠人们的一样，只是感觉他们的弓发出的声响是完全一样的。不过，我并没有想要了解那种工具的构造与式样的兴致，只要能够听到那完全相同的、催人泪下的声响就已经足够了。

北京那些事儿

　　我回日本过了一年，又第二次来到北京。在这短短的一年时间里，北京发生的变化之大，实在令我大吃一惊。我知道，本国的一些人一直图谋在中国有更大的发展。如今，太平洋战争突发，这样千载难逢的机会岂肯错过？瞧，在交民巷的美国兵营里，已经看不到星条旗了。在东单三条的协和医院里，日军的枪刺也正闪着寒光。

　　以前，日本人在北京的圈子很小，有人戏称它为"北京村"，但现在已经发展成为拥有十多万人的庞大集团了。这些在京日本人经过长期的苦心经营，终于迎来了历史上不曾有过的巨大发展。卢沟桥的隆隆炮声似乎还在耳旁轰鸣，就像发生在昨天。而时间流逝得那么快，真令人大吃一惊。就在这不到十年的时间里，当初仅有一千二三百人的在京日本人团体，居然已经发展到了十数万的规模。日本人这种非凡的活力，不得不令人佩服得五体投地。这不能不说是自古以来，日本人在海外从未有过的一个巨大飞跃。我前面说到的"历史上不曾有过的巨大发展",实际上指的就是这件事。如今的北京,哪怕是在胡同的深处,都到处能看到日本人住宅的名牌。在城南城北的大街上,日本学校的学生成群结队地走过来;仰望北京的鼓楼,"明耻楼①"的匾额依然高悬,而菜市场卖菜的小贩,基本都能用流利的日语与日本人做买卖了;姑娘们身上的服装,开始模仿起了日本的式样;在餐桌上,北京人也时不时地会品尝一下日本酒……北京的政治、经济、教育等方面就不用说了,连饮食、服饰、语言、娱乐等各个方面都出现了新的变化。过去我们所熟识的北京,似乎已恍若隔世。

经过如此巨大的变迁,有必要将我以前在文章中写到过的一些事情,在这里向读者诸君做一个交代。

以前曾经响彻北京上空的鸽哨,现在日渐稀少,基本上不怎么能听到了。大概是因为现在很难买到喂养鸽子的饲料吧。如今,雇车的价钱也暴涨了许多倍。这样一来,原本可以悠闲地乘车游逛北京城的乐趣,也自然化为了泡影。在这样一场古往今来人类历史上规模空前的战争面前,北京城想独善其身,是完全不可能的。正因为如此,人事的变迁,以及人们生活习惯的变化,往往都是出乎意料的,或者说,都是事先难以预料得到的。

先说说陆素娟②。在《陆素娟小记》一文的末尾,我曾经写过这样的一句话:"愿您与您居住的美丽的北京一样,健康长在。"陆

---

① 明耻楼:1924年,为使民众勿忘八国联军侵入北京的国耻,鼓楼易名为"明耻楼"。
② 陆素娟:女,京剧旦角演员,原籍苏州,梅兰芳的女弟子,20世纪二三十年代京津地区相当走红的名角。代表作有《宇宙锋》《凤还巢》《西施》《洛神》《廉锦枫》。"卢沟桥事变"之后,她悄然南下,行至汉口,不幸染时疫而殁,时年29岁。

素娟，这位女伶界的翘楚，自从我们分别后，据说去了南方，不久就病逝了，没有能够再回北京。当年，在新新戏院，与当代名伶杨小楼联袂出演《霸王别姬》，应该说是她这辈子最为风光的黄金时期了吧。如今，南池子葡萄园的故居里，再也见不到她俏丽的身影了。那年秋天开放在她院子里的那些菊花盆栽，大概也早已没有了踪影。就连陆素娟这个名字，也已经淡出人们的记忆了。吴素秋①新婚，新艳秋②归隐，孟小冬③也难得登台献演……当今的女伶界，据说是言菊朋④的爱女言慧珠⑤独占鳌头，新秀梁小鸾⑥也常常与谭富英⑦联袂演出，王玉蓉⑧还一直在唱。但在受观众欢迎这一点上，不用说，言慧珠是出类拔萃的。

说实话，如今的京剧已经失去了以前的盛况，这是近五六年来的显著变化。或许你会以为北京出现了可以替代京剧的新的剧种，但事实并非如此。不过，京剧出现了颓势，这是一个不争的事实。

---

① 吴素秋（1922—2016）：京剧表演艺术家，京剧旦角演员。曾先后拜尚小云和荀慧生学艺。

② 新艳秋（1910—2008）：原名王玉华，著名京剧表演艺术家，京剧旦角演员，"程派"传人。民国时被推为"四大坤旦"之一。早年学习梆子，后改学京剧，先后拜荣蝶仙、梅兰芳、王瑶卿为师，后因酷爱"程戏"而专攻"程派"。

③ 孟小冬（1908—1977）：又名孟若兰、孟令辉，出身于梨园世家，著名京剧女老生演员，有"老生皇帝"（"冬皇"）之誉。

④ 言菊朋（1890—1942）：晚清至民国时期京剧老生名角，大学士松筠玄孙。

⑤ 言慧珠（1919—1966）：原名义来，著名京剧演员言菊朋的女儿，著名京剧表演艺术家，京剧、昆曲旦角演员。

⑥ 梁小鸾（1918—2001）：字乃鸣，京剧表演艺术家，京剧旦角演员。

⑦ 谭富英（1906—1977）：著名京剧表演艺术家，"谭派"老生表演艺术家，"谭门"第四代嫡传人，"四大须生"之一，"新谭派"的创立者。

⑧ 王玉蓉（1913—1994）：京剧表演艺术家，京剧旦角演员。

造成这种局面的原因，可能是众多的京剧名伶都跑到上海去了，北京的各大剧场再也看不到众多戏剧明星竞相争演的盛况了。可以这样说，如今京剧的中心已经转移到了上海。这样一来，那些喜爱京剧、喜爱北京生活的人们必然感到冷清寂寞了。

自喜连成创办了京剧科班以来，可谓名优辈出。到了富连成科班时期，位于鲜鱼口的华乐戏院遭受火灾，戏装及道具全部被烧光了。但由于房屋的架构还在，很快就恢复了演出。不过自那之后，富连成科班的经营方法就改成了"两班制"，也就是将在校的学生分为年长班与年少班两个班，分别登台表演。说实话，这样的经营形式比起毛世来①、李世芳②在校期间的"一班制"来，观众看戏的兴致减少了许多。我也觉得还是原来的模式更好一些。

说到富连成科班，自从与之并存的北京戏曲学校关闭后，总给人一种寂寞冷清的感觉。与富连成坚守旧科班严格训练的培训方法不同，戏曲学校采用的是现代学校的教学模式。也可以说，戏曲学校的特点就是一个"新"字。这个学校创建得比较晚，没出过什么有名气的演员。细数起来，如今也就剩下曹德珠、李玉如等人，还在戏剧舞台上为已经关闭了的母校挣着面子。

现今，北京最活跃的戏剧科班恐怕要算尚小云主持的荣春社与李万春③主持的鸣春社④这两家了。尤其是荣春社，更为引人注目。

---

① 毛世来（1921—1994）：京剧表演艺术家。七岁入富连成科班学艺，受业于萧长华、于连泉、王连平。
② 李世芳（1921—1947）：京剧表演艺术家，京剧旦角演员。
③ 李万春（1911—1985）：著名京剧表演艺术家，戏曲艺术教育家。
④ 鸣春社：1938年李万春在其父支持下，在北京大吉巷四合院内创办的科班。

我想，这两家要是按照这个路子发展下去的话，用不了几年，赶上乃至超过富连成当年的业绩是不会有任何问题的。李万春虽是一流的武生演员，但我觉得他在指导学生方面远不如尚小云。要是拿荣春社与鸣春社所演出的剧目做比较的话，我总觉得鸣春社演出的剧目有些偏门，不如荣春社的剧目符合观众的欣赏习惯。说心里话，我是很为好汉李万春扼腕痛惜的。

现在看戏价钱也不便宜了。要是在以前的话，人们在门框胡同①那边的小饭馆里吃过饭，溜达到大栅栏的三庆戏院，买张戏票，坐到观众席上，至多也就花一元钱吧。可现在再也没有那样的好事了，就只能把它当作一个昔日的回忆了。哪怕是在天桥的小桃园听一两个小时的戏，也得花这个价钱了。不过，戏院常常客满，也就意味着这个行业有了不错的收入。

看戏的价格不便宜，吃饭的价格当然也贵得吓人。烧饼的价格不能同日而语了，王府井深夜时分的夜宵馄饨再也不是过去十枚、二十枚铜板就能买到的了。鹿鸣春、玉华台、丰泽园等名店的珍馐佳肴，更不是普通百姓能够企及的了。不过，比较安慰的一点是，陋巷之中那些甚至连店名都没有的小餐馆，虽说价格比以前也涨了一些，但好赖还吃得起，还能尝到正宗的北京味道。

记得那是中秋节前夕的一个晚上，我坐在东四牌楼路北的一家露天饮食摊点上，就着锅里"咕嘟咕嘟"冒着泡的血羊肚子，小口抿着杯子里的白干，才有了一点安然的感觉。夏天的暑热终于熬过

---

① 门框胡同：北京市西城区中部的一条胡同，位于大栅栏商业区，源自清朝光绪年间。它北起廊房头条，南到大栅栏街。

去了，凉意浮动的夜空上高悬着一轮明月。餐桌上的火锅热气腾腾，弥漫成一片光影。我品味着地道北京菜的味道，心里别提有多高兴了。酒意微醺的当口，店老板忙碌的身影，一直在我的眼前晃来晃去。而街口斜对面的名店"一品香"饭馆，即使是在深夜时分，从扩音器里传来的京剧唱段，也还是像狂风一样，搅扰得满大街不得安宁……这样的情景，如果不去考虑价格飞涨的因素的话，倒也不失为旧北京所固有的情趣之一。

我去拜访北京的几位老朋友。好在这些老朋友当中，一个暴发户都没有，这才让我放下心来——也就不会看到嚣张跋扈的丑态了。说实话，北京朋友圈里的这种氛围，给我留下了特别深刻的印象。

在西河沿劝业场①的楼上，那位卖赝品书法的老大爷还在。据说，某君从北京回日本的时候，购买了这个老爷子的大量书法，作为礼物送给东京的朋友们。我从八年前认识这个老人到现在，就一直看着他默默地兜售这些赝品。他是个默默无闻却十分可靠的老人。我听某君说，他们成了莫逆之交，就连介绍"暗门子"②的事情都是托付给老爷子的。而在我的印象中，这老爷子是个态度冷漠、不怎么吭声的人。不过，他们的关系既然已经到了这样的地步，回国时买那么多书法赝品也就不足为奇了。我并不是对老爷子的那些赝品感兴趣，与东安市场那种闹哄哄的场面相比，我更欣赏劝业场那种百无聊赖的寂寞氛围罢了。我还特别喜欢站在劝业场楼上的窗口，

---

① 劝业场：晚清时期成立的以鼓励发展实业为目的的机构。中国最早的劝业场是1902年张之洞在武昌兰陵街创办的两湖劝业场。民国以后，一般指大型百货商场。

② "暗门子"：指未得官方许可偷偷从事卖淫活动的妓女。

瞭望打磨厂那边苍茫的景色。我对那个多少有些贪心、长期从事这种奇怪生意的老爷子也怀有一种特殊的好奇。看得出来，他绝不是那种甘于清贫的人，但也不是一个总想着一夜暴富的主儿。至于他是什么来历，我一无所知，也并不想了解太多。总之，我觉得他是个不会给别人添麻烦的人。

说到"不会给别人添麻烦的人"，我的熟人、书肆"群玉斋"的掌柜老张，也属于这种类型。他在空气中充满着尿骚味的万源夹道胡同的中段，开了家店名听上去很深奥的"懿古书店"。在他书店的院子里，还有一家裱糊铺子。老张是个京剧迷，爱了一辈子的京剧，还是个很有造诣的戏迷。他作为一个入戏很深的"票友"，经常登台演出，唱的是青衣。他身材魁梧，面带虎威，与青衣那情意绵绵的唱腔实在有些不般配。他还特别热情好客，常常在琉璃厂路北边那家名叫"忠义轩"的小餐馆设宴招待朋友。我也很喜欢在这家餐馆喝酒，吃羊肉和饺子，享受京城美食。

说到饺子，享誉京城的还要数中央公园"上林春"的饺子。"上林春"一直都是名店，只是我不知道罢了。不过，即便过去它再怎么有名，也不会超过现在的名声。亭亭而立的柏树荫下的餐桌上，蒸饺的笼屉揭开了盖子，饺子是鸡肉与猪肉馅的，桌子周围立刻弥漫起热腾腾的雾气，诱人的香味飘散开来。此时此刻，我欢欣的心情与翻开新书的第一页无异……我以为，"上林春"的饺子，作为北京美食的一个品牌，绝对是当之无愧的。

我姐夫在东单三条开了家"东亚医院"。他在北京生活了十五年，可以说是个地地道道的"北京通"。我常常在傍晚时分，与姐夫一起跑到太庙后面护城河边上的树林里待一两个小时。护城河的对面耸立着一堵高大的城墙，一直通往东华门。城墙的裂隙中，生长着一丛丛灌木，向四周伸展出茂盛的枝叶，更衬托出傍晚天空的苍茫与辽阔。我们俩坐在护城河边上，闲聊着北京这些年来的种种变化，以及那些变化莫测的人事更迭。回顾"卢沟桥事变"之后的数年，北京到处染上了日本色彩。可以想见，我们同胞对中国怀有的野心，远胜对这个地球上的其他任何地方。然而，北京是不动的，是不变的。那些生长在城墙裂隙之中的灌木丛，那些成群结队飞过上空的暮鸦，那些依然盛开的紫丁香花……不都证明了北京的淡定与沉着？这就是所谓的"北京灵魂"，或者说，这一切都是北京人典雅灵魂的展示。

有佟姓和王姓两个少女在我姐夫的医院里工作。当时，她们二人刚从女校毕业，家境很贫穷。但她们都是有来历人家的女孩子，尤其是佟小姐，祖辈是旗人。她那一口北京话流畅而婉转，真是动听极了。

在炎热的夏天，我曾经带两位小姐去凉爽的昆明湖上划船，纳凉消暑。小舟缓慢地划过水面，发出轻微的声响，湖水激起一波波青白色的浪。将手伸进清澈的湖水里，一阵沁心的凉意便立刻传遍全身。两位小姐坐在船头，喜笑颜开，特别开心。突然，佟小姐一声惊呼。原来，她在水中游走的手指触碰到了水藻。仔细一看，清澈的湖水中，一片黑油油的水藻正随着水浪摇荡，一根根粗壮的水藻茎秆上，长着无数细小的分枝，就像孔雀的羽毛一般张开着，随着水波来回摆动。

王小姐看着我，说道：

"您就把这根水藻带回去做书签吧，作为湖上泛舟的纪念。"

王小姐的话音刚落，佟小姐一使劲儿，就拽了一根水藻在手中。水藻湿漉漉地躺在船舷上，显得有些疲惫的样子，看上去似乎没有在水里时那么鲜亮动人了。而我不好拂了两位小姐的好意，就将水藻夹在报纸里带回了家，并按照她们的意思，做了一支书签。

过了些天，当我打开夹着水藻的纸张时，水藻已经完全干透了。那些原本附着在茎秆上的细小分枝，也都悄无声息地脱落了。我轻轻地敲了敲纸张，纸上只剩下一根光秃秃的茎秆。

用水藻做书签的想法就这么破灭了。不过，那一天的美好回味，始终有一种淡淡的典雅留存在我的心底，柔和而温暖。我就是通过这样一些琐碎的事情，来体味北京是如何在剧变的年代，还能够始终保存着它的从容不迫与美好宁静的。

不久，佟小姐就与一位数学教师的儿子结了婚，新婚的丈夫在政府机关工作。我觉得，佟小姐结婚以后，她那好听的北京话似乎比以前更加有韵味了。不过，王小姐还在努力地工作着。她有一个愿望，就是有朝一日能够去日本留学。这个愿望最终能不能实现还不好说，但我对此一点也不怀疑。她正是因为有了这个梦想，才能始终快乐地工作和生活着。

如今的北京就这么在成长，在壮大。而她身体里流动着的，依然是老北京的血脉。我想说的是，古都的芳草，即便她的茎与花，年年岁岁不相同，但她们都是从深扎在这块土壤里的根上发出的芽、长出的枝叶、开出的鲜花。她们展现出来的姿态是崭新的，可她们赖以生存的土壤却是古老的。这或许就是我写《北京那些事儿》这篇文章的初衷吧。

"卢沟桥事变"前夜

7月6日这一天，天气特别热，完全可以用"酷热难当"这个词语来形容。

北京往日的夏天虽然也很热，但总归还是能够忍受的。一般来说，在大热天里，人们都会拉上窗帘，阻止外面的热风从窗缝里吹进来。这样一来，屋子里就阴暗了许多，简直就像在水底下一样。然而，那天的情况却完全不同。哪怕只是在椅子上靠一会儿，身上都会冒出油腻腻的汗渍。院子里那状若房顶的老槐树，青枝绿叶间的青白色花穗也像患了重感冒似的，热得透不过气来。

那些被围墙包裹起来的居民区，那些如同竹竿般细长的胡同，都热得像着了火似的。居民家的院墙上探出头来的夹竹桃、合欢，盛开着火红色的花朵，就如同一簇簇火种，开放在蓝天之下，开放在蒸笼一般的暑热之中。微风过时，昏昏欲睡的花穗很艰难地摆动几下。

那天，古都的一切似乎都显得很平静。太阳早早地就从地平线上升了起来；卖线的货郎摇着他的拨浪鼓，高亢的声音响彻胡同的每一个角落；揽客的车夫正在树荫下倚着黄包车打盹；卖西瓜的摊贩在大声地吆喝着自家西瓜比蜜糖还甜；卖冰棍的老太太使劲在箱子上敲击着木板……这不就是一个与平时毫无二致、寂寞无聊的夏日吗？

夜幕降临，银河遥遥地横亘在古城的上空，璀璨的繁星装点着夜空。柳枝低垂的河沿上，且不管河道里是否有水，夜间纳凉的人们还是习惯性地选择了这里。此时，有人开始演奏胡琴，悠扬的琴声如同清风似的流淌开来。女孩们胸前佩戴的茉莉花环，散发着幽幽的清香……

我穿过纳凉的人群，朝着位于三条胡同的"日本人俱乐部"快步走去。这天晚上，俱乐部放映日本电影。

俱乐部的礼堂并不大，充其量也就能装下三四百人吧。闷热的礼堂令人有一种窒息的感觉。我在心里暗自掂量：借助窗外吹进来的晚风，坚持看完这场电影应该没有问题吧。对于我们这些日本人来说，难得能看到一场日本电影，自然是喜不胜喜，所以，大伙儿的眼睛都在全神贯注地盯着电影的银幕。紧挨着我坐的是一位年轻的妈妈，她抱着一个刚出生不久的婴儿，那个婴儿在她的怀里睡得正香。我注意到，一直到放映结束，孩子都在安睡中，甚至连眼睛都没有睁一下。

将近夜间十一点，人们陆续离开乘凉的地方，各自回家安歇。天气虽然十分闷热，但人们还是像往常一样，按部就班地消磨了一个夏夜。

谁也没有预料到，第二天，在那飘浮着淡淡云彩的天空中，会响起隆隆的炮声。

　　这就是两年前的 7 月 6 日，北京夜晚的简短记录。

"封城"前后

7月27日是个晴天，从早上起就十分闷热。门外还是与往常一样，一个卖烧饼、馒头的男人的叫卖声高亢洪亮，响彻胡同的每个角落。我家后面的邻居在围墙上搭了窝棚，养了一大群鸽子。据说，那房子原来的主人是吴光新①。我想，过去应该也是一处豪华住宅吧，可如今基本上处于荒废的状态。现在的住家，前不久正室夫人死了，孩子也死了。家里的葬礼接二连三，总给人一种阴森森的感觉。他家院子里有一棵很大的枣树，枝丫探过墙头伸到我家院子里，树梢上挂着的几颗枣子，秋天过后就落在了我家院子里。我并不知道他们家遭遇了什么，只知道他家有个梳着刘海的十八九岁的姑娘。这个姑娘平时脸上是一副寂然的表情，身上也总是穿着蓝布大

---

① 吴光新（1881—1939）：字自堂，安徽合肥人，北洋皖系军阀将领。段祺瑞手下"四大金刚"之一，段祺瑞的妻弟。

裯，看上去并不时尚。但夏天的傍晚，她也总喜欢在胸前别几朵茉莉花，与一群小孩聚在大门口玩耍。

每天早上打开鸽笼放飞鸽子的，就是这个姑娘。鸽群齐刷刷地飞上天空的声音十分动听。掠过我家后房屋顶飞向高空的时候，鸽子们的影子总是会斜着穿过我家"亚"字形的窗棂。不一会儿，高高的蓝天之上就会传来鸽哨声。正当人们抬头瞭望时，鸽群就像被狂风吹落的枯枝一样俯冲下来，在院子的上空盘旋。很快，它们又展翅飞向更高远的天空。早上放鸽子的时候，姑娘总是做着各种动作诱导鸽群。

这天一大早，姑娘又开始放鸽子了。刹那间，鸽哨响彻了云天。从表面上看，这个早晨与往日并没有什么不同。然而，这二十天来，我一直待在这个"死胡同"的深处，惶恐不安地度日如年。我所居住的地区，与以东单牌楼为中心的"日本村"相距较远，因此，也就远离了各种各样的传闻与流言。按理说这是一件好事，可面临这样动荡的局势，我反而心里没底，整日里如同惊弓之鸟一般。若是能够及时听到有关时局的飞短流长，常常听到带有刺激性的消息的话，虽然不会有什么好心情，但至少也可以将时间打发得快一点吧。我就那么待在平静得让人心慌的胡同深处，听着邻居家一群鸽子愉快而又嘹亮的鸽哨声。整个人就像个傻子似的，身体靠在椅背上，心里想着布满堑壕、麻包等作战工事的东单牌楼那边的情势，愈加焦躁难安。我抬头向上看去，天花板上破了一个小洞。昨天夜里，就是从那个小洞眼里爬出来一只蝎子。蝎子虽然不大，但也够让人害怕的。我连忙用扫帚柄把它打落在地。可那家伙挣扎了几次，甚至举起屁股上的毒针，要与扫帚对抗。不过，最后还是被我给弄死了。天花板都是用纸糊的，这样一来，那个小窟窿眼就很显眼地留在那里了。哎，真是让人感到丧气！

突然，小伙计来叫我听电话。我应了一声，赶忙拿起话筒。原来，电话是中日实业公司的平野先生打来的。平野先生是民会[①]的负责人，最近每天都在操劳民会的事情，忙得不可开交。

"现在向你传达避难命令。从上午九点到中午的十二点，要在这三个小时之内，各自赶到交民巷报到。"

平野先生的电话简洁明了。听完他的电话，我的脑子里猛然像是有电流通过似的：该来的终于还是来了！由于这个冲击过于强烈，我有一种脑袋被一块石头重重地砸了一下的感觉。但我马上意识到这是一件好事。于是，那些货郎的叫卖声、鸽哨声，还有邻家姑娘，全都快速地向后退去，成了我遥远的背景。不仅仅是这些东西，即便是我自己的书籍、用具，以及衣物等一概物品，也全都褪去了颜色。就像那块用得很薄很薄的肥皂片一样，变得毫无价值，再也不在我关心的范围之内了。刚接到平野电话的时候，我确实紧张了一阵，现在反倒平静下来了。我连忙收拾行李，又往一直备着的行李袋中放了两三件随身携带的物品。为了尽量不遗漏该带的东西，我再一次检查旅行袋。香烟是命根子，一定不能忘了带。行李袋里装了35盒"红帽"牌香烟，每盒20支，应该够我在"封城"期间抽的了。另外，我还把刚刚打开的那罐"三炮台"[②]也一起放了进去。再打开书桌的抽屉，发现里面还有两包烟，也不知什么时候

---

① 民会：抗日战争期间，侨居北京的日本人成立的自治组织。
② "三炮台"：烟卷名，民国时期五大名烟之一。

买的，都放得忘记了，我也赶紧把它们装进了行李袋。我总算松了一口气，这下再没什么好准备的了，回头再雇辆车就可以了。

"人力车！"

我这么一喊要车，在孟公府门前的槐树下候着的"拉车的"立即就跑了过来。我打算先去中日实业公司，会同平野先生一起去交民巷。在骑河楼①东口，卖西瓜的摊子还在那里摆着，晴天之上却反常地飘着许多云彩，而北河沿的柳叶上则蒙着厚厚的灰尘。平野先生他们早已等候在大门前了，人力车的数量也正好够用。我们一路向南，人力车飞快地跑着，穿过忘恩桥，从南河沿拐上了长安街。我们现在走的这条路，恰巧是我经常去车站接客人的那条老路。不过，路过南河沿的时候，我看到情况有了变化，心里不由得吃了一惊。不知什么时候，大街上用大量的沙袋构筑起了军用工事，道路已经被阻断了。慢慢走近一看，还好，路的中央还有一条能够通行的狭窄通道。三四个保安队员挎着枪械，正在那里巡逻警戒呢。看来，他们已经侦查到我们日本侨民的意图了。这样的话，麻烦就大了。我们"封城"之后，保安队一旦将这条必经之路封锁，就等于切断了我们的退路。民会的一帮人也都在议论这件事。面前就是保安队员巡逻的队伍，我们试着朝他们走过去。他们的神色虽然十分警觉，但并没有阻拦我们的意思。等到我们的车辆全部平安通过，我的心里才算一块石头落了地。来到菖蒲河的时候，前面又遇见了

---

① 骑河楼：北京旧地名。在故宫东侧，呈东西走向，东起北河沿大街，西止北池子大街。清宣统时称骑河楼，民国时沿用，1949年后称骑河楼大街。1965年整顿地名时，将承侯大院并入，改称骑河楼街。

沙包构筑的关卡。这时，我们隔着长安街，已经能够看到交民巷北口的大铁门了。负责在这里警戒的还是保安队，比起刚才我们在南河沿遇到的，人数增加了好几倍。到了这边一看，前来避难的日本侨民的车辆，正如潮水般的涌进交民巷口，谁都能看得出来，情势已十分紧张。面对这样的场面，我们真有些不知所措。不过，好在这边的关卡也是出乎意料的平静，没有阻拦我们继续前行的意思。他们是在执行警戒任务，但并不像以往那样，一会儿盘查这个，一会儿盘查那个。看得出来，他们也只是在表面上摆出一副戒备森严的样子而已。他们手持的枪支都上着刺刀，而且在这个关卡上藏着一挺机关枪，虽然用油布盖住了，但并不难判别。即便如此，我们也只好装作若无其事的样子，悄然过了关卡。"卢沟桥事变"前，由旅居北京的日本人组成的所谓"北京村"，总共只有一千三四百人。一千多人听起来不是什么大数字，但要是都集中到一起，人看上去还是非常多的，大家又都是在同一个时段乘车来到同一个地点，自然导致了道路拥挤，造成了混乱。

这天，正好是"卢沟桥事变"发生后的第二十天。最初听到卢沟桥传来的炮声时，人们不免联想到前年发生的"丰台事件"①。大家都以为，这次至多也就是像"丰台事件"那样收场吧。然而，问题却远不像"丰台事件"那么简单。

事态一天比一天恶化，北京城的市民们都在戒严令下生活。宵禁越来越严格，刚开始的时候是晚上十点钟以后禁止通行，后来发

---

① "丰台事件"：指日军在抗日战争前夕挑起的两起滋事事件，结果导致丰台陷入日军手中。

展到日落之后，禁止所有交通工具运行。到了晚上六点钟，大街上的十字路口就有保安队员上岗警戒了。听说各大城门都处于半开半闭的状态，也有些城门是一直关闭的。夏天晚上的六点钟，天还亮着呢，可交通禁行了，这是多么麻烦的一件事。大街上到处都是用沙袋筑起的堑壕，看着令人头皮发麻。就连景山也不让登了。数月之前，我就看到荷枪实弹的士兵开始在景山顶上戒严了，他们还挖了许多工事，用于军事演习。景山顶上那些枝叶茂盛的松树下面，到处布满了射击孔。有传言说，一旦发生了什么事情，军方好在景山顶上架设大炮，轰击交民巷的日本大使馆。我认为，这种说法是没有根据的。选择景山这样的地方做炮阵地并不合适，因为景山是俯瞰市区的一块高地，一处普通的游览场所，每天都有大量的游客云集。可那些背着青龙大刀、手里提着长枪、腰里别着手枪的士兵们严守在这里，也绝非儿戏吧？等到戒严令下达之后，景山公园马上就被关闭了。前年夏天，几乎每个下午，我都会去景山顶上北侧栏杆旁边的藤椅上坐着，一边饮着香片茶，或读书，或打盹儿，或吹吹凉风，真是十分惬意。而今年，我总有一种巨变将临的感伤萦绕在心头。

每天还是炮声不断，沉闷的炮声震得人心里隐隐作痛。流言纷纷，有的说事态正在好转，有的说事态正在恶化，有的说事情快解决了，也有的说不打一仗事情不会完。大伙儿对这些传言都很敏感，都捏着一把汗。据说，光是北京城里就有宋哲元所辖一个旅团的兵力，而城外到底驻扎了多少军队？我想，一旦全面开战的话，还会有更多的兵力集结过来吧？北京城"日本村"里的一千三四百名日本侨民虽然还是有序地生活着，但内心的恐惧是掩饰不住的。位于东单三条的日本人自治会每天都在开会，而且一开就开到深夜。由于全城宵禁，有些与会人员连家都回不了。夜里，我一般都是去平野先生家，搬张椅子放在院子里，负责电话联络。好在北河沿的夜晚特别宁静，什么声音也没有。我抬起头，透过柳树茂密的枝叶，能够清晰地看到闪烁在晴朗夜空上的点点星光。我家与平野家只隔着一条马路，军方也没有设置警戒线，所以我能够悄悄地溜进骑河楼的东口，然后钻进左手边的一条小胡同，在承侯大院茂盛的槐树的掩护下，逃回位于孟公府"死胡同"的家里。这就是这些天来，每天夜里我都要重复的回家的"秘密通道"。我夜里回家时，也可以从北河沿往南拐，走竖着"译学馆^①"大石碑的那条道。那条道很好走，而且还近。不过，途中有只胆小的狗，只要我经过那里，它肯定会叫，还会边叫边跑，跑远了再回过头来对着我大声地叫。这样一来，要是遇上保安队就麻烦了。所以，我就只能选那条不太方便而且迂回曲折的路回家。夜间，骑河楼那边有许多中国人手拿扇子在乘凉，而且每天都会在外面待到很晚。一天夜里，我回家时没有像往常一样拐进左手边的那条小胡同，而是一直向骑河楼走过去。我是想看看夜里北池子大街那边的情况，就一直走到了西口的拐角。就在此时，耳边突然传来一声断喝："站住！"就被他们抓住了。我心想不好，这回小命可能要送掉。有传言说，保安队曾经抓过几个日本人，第二天扒光了他们的衣服，押到繁华的大街上释

---

① 译学馆：它的前身是并入京师大学堂的同文馆，后为北京大学的西洋文学系。1902年，清政府下令恢复京师大学堂，于是将同文馆并入大学堂。1903年5月，京师大学堂将同文馆改为译学馆，在北河沿购置房舍，于8月正式招生开学，分设英、俄、法、德、日五国语言文字专科，学制为五年。

放了。我想，他们要是也用这样的方法处理我，我怎么受得了？不是说得很明白吗，是"扒光"——按照字面的意思去理解，不就是一丝不挂吗？现在我也被他们抓住了，不是很麻烦、很危险吗？当时，我正在专心致志地学说中国话，但还说得不流畅。我偷偷地看了一眼身旁，四五杆枪就在离我腹部一尺来远的地方闪着寒光呢。除了四五个保安队员之外，还有几个打扮得奇形怪状的人，也围着看热闹。他们看起来没有要放我走的意思。就在我出示了自己的名片，与他们百般争辩的当口，有个看热闹的人站出来道：

"这个日本人我认识。"

我朝他看过去——这人我也认识啊，他不就是经常去孟公府拉车的车夫吗？我还坐过几次他的车呢。这个时候，他的证词太管用啦，简直就是救命的稻草啊！听他这么一说，极度紧张的气氛立刻松懈了下来。当我表示以后绝不再到处乱跑之后，保安队就把我放回了家，人身没有受到任何的损害。事后，我越想这件事，手心里就越是捏着一把汗。我对别人说起这件事情发生的经过，大伙儿都说：好奇心要不得，你这次没有被抓走，算是你的命好。据说曾经有几个日本人在遇到这种情况时，吓得撒腿就跑，结果被保安队的刺刀刺破了臀部。也许，我就是因为被他们抓住时既没有逃跑也没有反抗，所以最后才能安全回家的吧。

不用说，在如此动荡的局势下，娱乐场所大多关张了。炮声近在咫尺，可北京人还是放不下看戏的嗜好。面对这么紧张的情势，富连成科班还一直在前门外广和楼上演出。当然，演夜场戏是不可能的，都是在白天演出。7月15日，我也去广和楼看过一场演出。那次观演令我记忆深刻，一辈子也忘不了。剧院里的氛围很和谐，谁也没有向我投来白眼。《牡丹亭》那梦幻一般的场景与笛子吹奏的轻缓的乐曲，相得益彰，温婉感人。杜丽娘由李世芳扮演，柳梦梅由江世玉①扮演，他们情意绵绵地向观众叙述着花间钟情的缠绵故事。同时，由刘元彤②、杜元田③主演的《汾河湾》也在热演中。刘扮演的是青衣柳氏，杜扮演的是气宇轩昂的老生薛仁贵。剧终幕落之时，他们的精湛演技博得全场经久不息的掌声。由此可见，剧场内外是两种截然不同的氛围。前门外是北京的热闹之地，所以戒严更加严格，到处都是沙包与保安队、刺刀与尘土。然而，在广和楼上，却一如既往地延续着乾隆以来的热闹祥和的氛围。从窗口透进来的阳光温和而恬静，胡琴演奏的乐曲如泣如诉。痴迷于戏剧故事中的人们，心儿早已迷醉在这古老而又美丽的梦境之中。在整个北京城，只有富连成科班的剧目每天还在照常上演，观众大概也有七八成的样子吧。

　　"封城"生活对于侨居在北京的日本人来说，是"北清事变"④以来的第二次。而这一次，侨居在中国其他城市的日本人都已经撤回了国内，所以，"享受""封城"待遇的，只有居住在北京的日本人。从这一点上来看，我们是在一个偶然的时机，体验了一段具有

---

① 江世玉（1918—1994）：京剧小生演员。他嗓音清亮，表演大方，翎子生、扇子生、穷生戏均佳，擅演剧目有《群英会》《临江会》《黄鹤楼》《评雪辨踪》《玉堂春》《状元谱》《金玉奴》《连升店》《拾玉镯》等。
② 刘元彤（1924—1997）：京剧旦角演员。自幼喜欢京剧，1935年考入富连成社六科学戏，初从苏盛琴学青衣，坐科期间已是富社中走红的青衣。
③ 杜元田（1928—？）：曾用艺名杜世良。京剧老生演员。
④ "北清事变"：即发生在1900年的义和团运动及之后的八国联军侵华战争。这是日本的叫法。

历史意义的人生经历。经历过北京"封城"的一千三四百名日本人，与侨居在全中国其他城市的日本人的数量相比，只能算是少数。但这件麻烦事情，恰恰被这个"少数"给摊上了。当然，我说这是一次难得的经历云云，都是事后回忆时侥幸的说辞。可以说，当时面对"封城"的混乱局面，大家的心里都是惴惴不安的。

"封城"的时候，那么多人集中到了一个狭小的空间，我有幸见识了众生的百态图画。不用说，"封城"在交民巷，大伙坚守的一个共同目标当然是紧密团结、相互合作。但同时，在条件允许的范围内，人类共有的"偷安心理"也常常会冒出头来，个人的爱憎倾向也会暴露无遗。在这个狭小的空间里展现出来的东西，的确与我们平时所见到的不太一样。

"封城"的第一天算是平安无事。从第二天即 7 月 28 日开始，炮声、轰炸声就连续不断。前些日子刚发生了"广安门事件"①，现在"通州事件"②又接踵而来。这更给我们这些处境微妙的人的心理蒙上了一层阴影。当时，正是合欢花开的季节，交民巷的院子里到处张扬着合欢花的笑脸。纤细的枝叶，淡红色的花朵，如同精灵一般在风中轻轻地摇曳。仿佛是炮声催来了雨云，一个早晨接着又一个早晨，雨水都将玻璃窗打得湿漉漉的。

---

① "广安门事件"：亦称"广安门战斗"。1937 年 7 月 26 日下午，约 500 名日军在广安门与中国守军发生冲突并交战。当日，日本驻屯军便以"广安门事件"为借口，下达了攻击 29 军的作战命令。

② "通州事件"：指 1937 年 7 月 29 日，由日本侵略军扶植成立并且受日本控制的"冀东防共自治政府"属下的通州保安队士兵起义，对当地的日军守备队和特务机关发动攻击。该保安队的士兵捣毁了日军机关，俘虏了殷汝耕。后来，通州保安队撤退时，殷汝耕乘机逃脱。

我们"封城"所居住的正金银行①的楼上，有许多小房间。我们这一组的人数，只相当于"大使馆组"人数的许多分之一，我记得好像是二百六七十人的样子吧，所以，解决住宿就比较容易。民会的冈本先生站在院子里的紫丁香树旁大声宣布："饭做好啦！"于是，老的少的，男的女的，一齐涌出房间，来到院子里，站在餐桌旁用餐。也有人自带餐具，根据需要打了饭菜回房间。在这次"封城"中，大多数人是以家庭为单位的，组织者也允许他们每个家庭在一起单独用餐。一日三餐，每顿基本上都只有一盘菜，但让人难以相信的是，那么点菜居然也够吃了。我们住进来之后，马上在院子里垒起了"正金银行组"的灶台。从"封城"后的第三天开始，"扶桑馆"的厨师就忠实地履行起了监督职责。托他的福，我们这个组才没有像"大使馆组"那样，每天不是夹生饭，就是糊锅饭。我们组每顿做的米饭都是暄腾腾、香喷喷的。仅此一点，能够作为"正金银行组"的成员，也是说不尽的幸福啊。正金银行的院子里，花儿开得正艳。局势这么混乱，可园丁们还是没有忘记精心打理花草。美人蕉、向日葵们无视世间纷繁的动乱，一如既往地用她们的笑脸装点着夏日的美艳。花圃旁边摆放着长椅，白天，我们大部分时间都在那里坐着闲聊。因为那里有浓密的柳荫，非常凉快。而在老柳树的斜对面，是高大茂盛的美人蕉林，同样也是一片阴凉。每到傍晚，就会有一对年轻夫妇搬出藤椅坐在那里。他们二人一般不与别人搭腔，总是两个人窃窃私语，似乎从来都没有厌倦过他们的

---

① 正金银行：即日本横滨正金银行设在北京的支行，位于今北京市东城区正义路（原御河桥路）4号。

"二人世界"。他们是正金银行的职员。据说，其他银行员工的家眷早就撤回日本了，这里就剩下这么一对了。

到了夜晚，正金银行院子前就显得特别热闹。门前的合欢花林一直延续到交民巷的北口，那片花林就成了我们傍晚散步的场所。偶尔，美国陆战队的官兵们也在那里纳凉，他们占据了合欢花林的一侧引吭高歌，演奏手风琴。其中有一个男子用美声演唱的《遥远的圣罗地亚》，非常美好动听。可是，这样的热闹氛围并不常有。对于我们这些被关在"囚笼"中的人来说，夜晚的寂寞是最难熬的，所以，就总希望他们能够多闹腾一会儿。早晨，漫步在这片花木林间，心里会有一种特别愉悦的感觉。夜雨停歇之后，屋檐水滴落的声响，清新的合欢花的香味，踏踏实实与大地接触的感觉……我每天早上都会来这片花木林间溜达一会儿。上头有令，禁止我们在避难所之外的区域活动。可我并没有去管这些，冒着违反禁令的风险，一直坚持在这片花木林里散步。

即便是在这么一个气氛沉闷的环境里，我还是遇到了一件高兴的事。一天早晨，外面传来一阵断断续续的敲击声，打破了往日死一般的寂静。我抬头一看，原来，在合欢树的树干上，一只啄木鸟正在用它尖锐的嘴巴使劲地啄着树干。我第一次看到这样的情景，一时竟有些茫然，便驻足静立在啄木鸟那闲寂的啄树声中。之后我又去过很多次，希望能够与它重逢。然而，我再也没有看到过那样的场景。

在"封城"期间，我们实行夜间巡查制度。即每个人轮流值班一小时，采用"接力式"的巡查方式，而"接力棒"则是一支手电筒。值班人员主要负责巡查熄灯、风纪等方面的情况。我的班排在夜间的一点至两点这个区段，因为这个时间段不睡觉对于我来说并不是什么苦差事。夏天，大伙儿睡得本来就晚，再加上我是个"夜猫子"，熬夜是我最擅长的事情。虽然值班没有什么难处，可手电筒总会照到院子里长椅上那对依偎在一起的男女，让我不知如何是好。执勤结束之后，我就利用院子里的水龙头淋浴。耳边听着远处隆隆的炮声，将凉水从头顶上喷淋下来，也可以说是一种难得的痛快吧。

"封城"期间，总体上来说，卫生状况、风纪方面都是好的，就是死了一个小孩子。不过，据说，那个孩子在"封城"之前就得了重病。同时，在这期间又新生了一个孩子。二者相抵，人员总数没有多也没有少。

警察署贴出了告示，禁止闲杂人等随便出入"封城"区域。这里还收容了长春亭、朝日轩、喜乐亭等娱乐场所的歌妓，大概是出于风纪上的考虑，才做出这样的规定吧。但是，这些从事色情行业的女人们也都能齐心协力、勤勤恳恳地做事。她们主要负责做饭，而到了晚上，她们又会早早地聚集到平时大伙儿用餐的地方，诵读前来慰问的僧侣们传授的经文。

在听闻了"通州事件"的惨状之后，众多僧侣前来"封城"慰问我们。其中，甲乙两个僧侣，在看法上表现出了明显的分歧。甲僧侣向众人发问道：

"诸位是怎么看待通州这件事情的？"

他接着说道：

"我们通过通州事件可以看到，人的生命是多么的无常。诸位现在正在'封城'之中，事态到底会发生什么样的变化，谁也说不准。所以说，在这个艰难的时期，只有保持自己的信仰，才是真正的幸福。"

我听了甲僧侣的这番胡言乱语，心里十分恼火，不由得暗暗骂了句"畜生"，同时，心中的怒火又慢慢地变成了嗤笑。我们是为了避险才进入"封城"的，而且，在"封城"当中，也有一些人与"通州事件"有着各种各样的关系。当我得知"通州事件"之后，心情也十分悲痛，不知道用什么语言来安慰那些同伴。类似这样的情况，我们反复在经历着，每天都在这样的心情里活着，也都快变成我们的"信仰"了。而僧侣的说教，却将这些不相干的事情硬往一起扯，真是滑稽透顶。

乙僧侣只是就事论事，叙事简洁而又具体，还就我们应该注意的问题一一作了说明。不过，令人奇怪的是，乙僧侣的叙述并不只是纯粹的客观讲述，人们能够从他的言辞当中感受到一种非同寻常的热情。要是夸张一点揣度他的用意的话，乙僧侣是从宗教信仰出发，将事件的全貌全面地摄入自己的眼帘，然后再告知众人的。可是，由于这个"眼帘""摄入"的事件是带有宗教色彩的，所以，在乙僧侣来说只是报告事件的原委，而听众却受到了深深的感染，对此留下了深刻的印象。所以，乙僧侣的讲话对听众来说是具有启发意义的。

中断许久的电话线路终于又接通了，第一列火车也开始运行了，"封城"之中的不安情绪渐渐消散。但是，我们什么时候能够走出"封城"，还始终是个未知数。对此，大伙儿都感到很无奈。雨还在不停地下着。我与日本人小学校的校长——大越校长一家睡在一顶蚊帐里。早上起来，隔着玻璃窗向外看，空中依然细雨蒙蒙，一片昏暗。由于降雨，再加上刮风，英国大使馆那边的树林如同大海的波涛，起伏不定。

人们听说民会还要再购买一个月的粮食，这个消息虽然没有正式宣布，却是不胫而走，看来像是真的。这种关禁闭似的生活要是再持续一个月的话，简直太痛苦了。到时候，不光会有人生病，吵架斗殴的事情也难免会发生……无尽的恐惧就像黑色的块垒，填满了人们的胸膛。不过，大伙儿心里虽然存了种种想法，却还能服从统一指挥，认真地做好自己分内的事情。在这里，长者慈爱，幼者顺从，恭敬与礼让体现得很充分。这一切，既离不开民会干部们辛勤的操劳，更离不开大伙严格的自我约束。即使现在回想起来，我也认为那段日子大伙的表现是很棒的。

在"封城"期间，最痛苦的莫过两件事情，一是无所事事，二是食物单调。我跑到"大使馆组"去看过。只见空阔的大房间里，地上铺满了草席。大家都杂居在一起，就像轮船上的三等舱旅客一样，杂乱地拥挤在一起。我也跑到原大使馆即所谓的"老公馆"去看过。左手边全是同仁医院人员的寄宿区，弥漫着一股浓重的药品味道。与老公馆一条马路之隔的是六国饭店。一天，我闯进了六国饭店的酒吧，里面东西的价格虽然贵得吓人，但不管怎么说，总算暂时将我从阴郁沉闷的氛围中解救了出来。于是，从那之后，我每天都会在那里消磨几个小时。我发现，除了我之外，还有三四个人也经常去，而且都是老面孔。在六国饭店的入口附近，放置着一台赌博机。只要顾客往里投一块"银币"，摇动转盘，那个画着花卉、铃铛、水果图案的转盘就会转动起来。当转盘停下来的时候，指针指在什么图案上，机器就会吐出相应的"银币"。当然，说是"银币"，实际上是仿制品，用一美元能在账房买到四枚。客人拿到机器吐出来的"银币"，再去账房兑换成现金。这个赌博机的生意非常兴隆，但大多数人都是输的，转盘转过之后，并没有"银币"吐出来。可是，我看到一个年轻人却总能赢，有四五次吧，赢了大把的"银币"。然后，他就拿着赢来的钱，去宾馆大饱口福。我想，这里面肯定有讲究，就向他请教秘诀。年轻人告诉我，其实，赌博机是有规律可循的。例如，某处机器的转盘刚开始时转得慢，转到后来就会加速。某处的机器开始的时候转得快，转到后来就会变慢。也就是说，每台机器都有它独特的节奏。这种手动操作的机器，在转动转盘的时候，必须恰当地掌握好节奏。然而，如何把握他所说的"恰当地掌握好节奏"这句话当中的"恰当"，实在是很难很难的。他也教了我操作的方法，但我再怎么弄也见不到机器吐"银币"。年轻人当然是很得意的，因为他深谙北京地区这种赌博机器的特性。

就这样，我们的"封城"生活持续了半个月，终于可以回家了，心中的那种喜悦之情，大概也只有经历过"封城"的我们这一千三四百人才能真切地体会到吧。更何况，家里也平安无事，没有任何损失。当我跨进自家静悄悄的家门时，只觉得眼眶一热，泪水不禁夺眶而出。

住在吴光新旧居里的那位沉默无语的姑娘，每天早上照例放鸽子。而鸽子也依然紧贴着我家的屋顶飞向空中，清脆的鸽哨声响彻即将进入秋天的碧空。在我看来，一切都与半个月前没有什么两样。如果一定要说有什么不同的话，那就是青白色的槐花开始凋零，院子里出现了一团团槐花的白色花瓣。我不由得感叹道：北京的秋天来得真早啊！

随笔北京

　　自昭和十一年至昭和十三年（1936—1938），在北京生活的这两年，是我一生中难以忘怀的岁月。刚到北京那会儿，我就有一种被北京那巍峨的城墙吸附进去的感觉。我漫步在北京的大街小巷，就像钻进了一个寂然无声的树洞，所有的嘈杂之音都瞬间被屏蔽在外面。而当人猛然与噪音隔绝的那一刻，耳朵仿佛就像聋了一样，什么也听不见。我也像是聋了一般，痴了一样，仰望着北京深蓝的天空，感觉到自己竟是那么的渺小。然而，过了一段时间之后，我那曾经"聋"了、曾经"痴"了的耳朵与眼睛，能够慢慢地听到某些微弱却动听的声响了。那种动听的声响，恰如我少年时代常见的东京的夜雾与花儿一样，充满着伤感的情调。这座城市里的人们的嗜好与语言，与东京人曾经有过的华美与谦逊是相通的，所以，我很快就适应了这里的生活。我觉得，与东京人相比，北京人显得更加淳朴与豁达。这些年来，东京发生了巨大的变化，那些已经被人们遗忘的城市精神，在北京又一次鲜明而生动地展现出来。如果总是沉浸在回忆里，也许会阻碍人类的进步。不过，我在北京的所见所闻，绝不是那种纯粹精神层面的美好回忆。可以这样说，我眼前展现的，是已经丢失了的、昔日东京的美好，终于又在今天的北京被我寻找到了。唯有通过这样的对比，才能更好地审视自身在发展过程中存在的不足与问题。东京与北京，是两个不同国家的首都，我生在东京长在东京，亲身经历过昔日东京的寂静与美丽。这些年来，东京的快速发展与变化，使其失去了往昔的韵味和情趣，令我深感遗憾。可是，来到北京的这些日子，我就像邂逅了旧时的东京，怎么能不感慨万分？从这个意义上讲，我是一个过来人，更有评说昔日东京与今日北京的资格。这本随笔集收录的文章，所记录的都是我在北京的经历与见闻，都是我对今日北京的观察与思考。回顾这两年来的燕京生活，世界局势发生了罕见的剧变，我个人的命运也发生了很大的变化。身居如此动荡的环境，我没忘记用手中的笔，满怀兴致地叙述观看街头杂艺表演的无穷乐趣，描写发生在街巷空地上的种种趣事，谈论城外颓败的风光，悲叹时过境迁的明日黄花……也许会有人认为我所记录的故事都是日常琐事，不是什么大手笔。在北京留学期间，恰逢"卢沟桥事变"发生，我如同生活在油锅中一般煎熬。这两年来，北京发生了根本性的变化。而且，这种巨大的变化，至今还在延续。北京也好，北京人也好，都在以飞快的速度继续着这种变化。我这本随笔集所记录的东西虽然浅薄，也或多或少可以作为那个时期的见证吧。这一点，如果能够得到诸位读者的认同，我就喜出望外了。在这部随笔集即将付梓之际，请允许我将它献给二十多年来一直给予我指教的佐藤春夫[1]先生。同时，阿部知二先生为之作序，实在是荣幸之至。在此一并致以由衷的谢意。

我的这部随笔集得以问世，幸赖诸多朋友的热心相助，令我终生不能忘怀。其中，有极力鼓励我出版这个集子的长谷川巳之吉先生，有常常对我的任性予以宽容的文艺春秋社的生江健次先生，还有热心为这个集子摄影的江波洋三郎与中丸平一郎先生。请接受我深深的谢意！

---

[1] 佐藤春夫（1892—1964）：日本小说家、诗人。

中国的知识阶层

在中国，自古以来，称呼知识阶层都是用"士"这个字。要是用一个词语的话，那就是"士君子"。而在知识阶层当中，最具代表性的就是官员。很明显，他们这些人是与普通的庶民阶层相对立的。孟子有句众人皆知的名言："无恒产而有恒心者，惟士为能。若民，则无恒产，因无恒心。"说的就是这个意思。在这篇文章中，我并不打算阐释"士"这个字的概念，只是对他们把官员看作知识阶层代表的这种思维方式感兴趣而已。我引用孟子的话，也是想说明，在中国，这样的思维方式是自古就有的。并且，"知识阶层的精英是官员"这样的观念一直传至后代，即便是现在，我们还能在中国人的人生观中看到它的影子。

就我们现代的观念而言，官员确实属于知识阶层，但官员并非知识阶层的全部，更不能说是知识阶层的精英。如今，除官员外，知识阶层还包含着数量众多的其他职业人员，如教员、医生，以及从事社会工作的人员。是的，中国是将官员视为知识阶层的代表，出现在许多经书中的"士"，所指的无疑都是官员。不过，在许多情况下，详细地阐释知识阶层所包括的其他职业人等，也应该不会引起什么争议吧。

在中国的古代，通常将那些没有能够做上官的有识之士称为"处士"。从某种意义上讲，也是承认了这些人虽然没有做官，但已经具备了官员的资质。这也表达了对那些品德与学识兼备的人士的尊崇之意。不过，这并不意味着就偏离了"官本位"的轨道。也就是说，在中国古代，知识阶层的理想就是做官。这一系列的问题摆在我们的面前，实在是太有意思了。再者，从古到今，这种一以贯之的理念指导，到底对社会产生了什么深刻的影响呢？在现代社会中，这样的理念又有哪些表现呢？我们来对这些问题做些探讨，不也是一件很有趣的事情吗？

官员的职位有高有低，工作的职责也有大有小，但有一点是一样的——他们都附属于政治。作为知识分子，如果想以自己的道德与学识对社会有所贡献的话，只有做官，只有大权在握，才有舞台展现自己的才华。他们修炼道德，精炼文章，吟诗作赋，全都是为了有朝一日能够实现做官的理想。那些被后人称为"诸子百家"的先秦圣贤们，一旦创立了一种新的学说，就以此为金科玉律，扛着这块招牌，长途跋涉，周游列国。他们日夜兼程，仰望着高远的天空之上，白云飘浮，星光闪烁，内心是多么焦虑难耐啊。与其说他们是在推行"善政"，倒不如说他们是更看重士大夫的地位与荣耀。所以说，他们的道德与学识即便再怎么出类拔萃，也无助于摆脱作为一个彷徨者的内心的空虚与悲哀。

在历史上，就连伟大的人生导师孔子也曾经是这类"彷徨者"中的一员。令人难以理解的是，卓越的才能与崇高的品德，似乎与现实生活中的官员资格没有关系。可是，一般来说，人们学识与品德的修为，又都是奔着做官这个目标去的。总之，中国的年轻学子们历来受到的教育就是："十年寒窗苦读日，今朝金榜题名时。"他们刻苦精进学问，寒窗苦读，就是为了金榜题名，而成为"士君子""士大夫"。数千年的时间恍然若梦，人们就是怀着这样的追求一路走过来的。唐代小说家沈既济[①]的小说《枕中记》中所写的"邯郸一梦[②]"的故事，既非荣华富贵的教唆，也非人生无常的说教，描绘的是数千年来的社会现实。要是说得诡秘一点，这个故事集中表现了数千年来中国青年的人生梦想。作者通过一个青年学子的美梦，揭示了人生的虚幻，嘲讽了社会的现实。

可以说，小说《枕中记》中被作者嘲讽的青年的命运，实际上就是无数中国青年命运的真实写照。我认为，这样说一点也不为过。在做官即是知识阶层的理想的古代中国，科举制度的"跳龙门"，就是青年学子实现理想的具体途径。但是，所谓"跳龙门"，很大程度上就是一个陷阱，曾经酿成无数人间悲剧。在数量众多的旧小说和旧戏剧中，我们常常可以看到这样的故事：纯真的地方青年为了博

---

① 沈既济（750—800）：唐代文学家、史学家。所作小说今存《枕中记》《任氏传》两篇，均为唐代传奇中的杰作。

② 邯郸一梦：说的是唐代开元年间，一位姓卢的书生进京赶考博取功名。走到邯郸时，遇到道士吕翁，二人攀谈起来。吕翁给了他一个青瓷枕头，告诉他枕上睡一觉，荣华富贵就都有了。在梦中，卢生果真享尽荣华富贵。可是，梦醒之后，发现一切如故，就连店主人家蒸煮的黄粱饭都还没有熟。后人沿用"黄粱梦""黄粱美梦""邯郸一梦"等成语来比喻不切实际的幻想，或是某种欲望的破灭。

取功名进京赶考，落第之后，开始混迹于青楼，与娼门的妓女纠缠不清。这样的例子简直不胜枚举。中国的科举制度，虽然在清朝灭亡之后也随之消失了，可数千年来，青年学子的思想就一直被禁锢在科举的桎梏之中。

如今，南京旧时的科举场所——"贡院"遗迹尚存，而北京的科举场所却已经踪影全无。不过，北京虽然不见了"贡院"的遗迹，但当时青年们悲痛欲绝的叹息声，似乎至今还回响在人们的耳畔。要是去前门外的胡同里走一走，我们就会看到那些奄奄一息、即将废弃的建筑物——各地的会馆，也就是当年各地进京赶考的青年学子们住宿的地方。走进那些会馆，便能看到"亚"字形窗棂上剥落的窗纸，还有污迹斑斑的墙壁——谁能想到那里曾经是年轻学子们居住过的地方，是他们手不释卷苦读十三经的地方，也是他们绞尽脑汁撰写八股文的场所！我仿佛觉得，当年的青年学子们都已经幻化成灰色的幽灵，垂首，拱手，伫立在那里。无论哪家会馆，只要住在那里的举子高中，都会挂上一块写着"状元"或者"进士"的巨大牌匾，一则显示皇恩浩荡，二则激励同乡的后学之辈。如今，那些写着大大金字的牌匾，依旧零落地高悬在会馆的墙壁之上。同时，作为考中进士或者状元的家庭，门楣之上也要挂"进士第"或"状元第"牌匾，用以彰显家庭的荣耀。我在北城鼓楼东口的那条胡同里，就曾亲眼见到过挂着很堂皇的"状元第"牌匾的住宅。他家并没有像大多数住家那样紧闭门户，而是敞开着大门，从外面看，屋子里的情况一目了然。门楣上挂的是"状元第"的牌匾，而居住在里面的人已经沦落成制作、贩卖煤球的小商贩了。看来，早已与"状元""进士"这些显赫的荣耀无缘了。院子里几个被阳光晒得黝黑的男人，在长长的木板上做着煤球。遥想当年，他们家的人高中状元的时候，家里上至老太太，下至佣人，哪个不是欢天喜地？而如今沦落到这个地步，可见变化之大啊！我在他家门口站了一会儿，想到那位曾经的"状元郎"，想到往昔知识阶层的荣耀，想到囊萤映雪之不易，想到他高中之后，随着官员小心翼翼地走进皇宫的景况……

其实，挂着"状元第"牌匾的住宅变成了煤球店，也没什么值得奇怪的。就连当年"状元郎"穿的礼服，上面的绸缎也被加工成了腰带、手提包、靠垫等，贴上了价目标签，作为旅游商品向游客兜售。从那些绸缎精巧的图案、明亮的色泽，便能窥见"士君子"们服饰之华美。可以想见，他们当年的风貌、举止，以及他们所作的金玉般的诗文，又该是怎样的妙趣横生。

同样位于北城的孔庙，前来游玩的人们都喜欢挤在古庙旁那片苍劲的柏树林里，大概就是为了观赏耸立在那里的几十块石碑吧。石碑上密密麻麻刻着的，都是那些及第的"士"的名单。当然，要是遇到日本游客的话，在如此庞大的名单中，他们感兴趣的只有李鸿章的名字。看得出来，平日里拓印李鸿章名字的人一定很多。否则，整块碑上，何以李鸿章名字的位置上墨色最深呢？在蝉声骤如雨的盛夏，在夕阳醉如酒的暮秋，能给孔庙平添静寂氛围的，唯有那一片阴森森的碑林。不管是多么傲人的才学，还是多么崇高的荣誉，如今都浓缩在了一块石头上。仔细了解那些"老大人"们的人生经历，常常令人扼腕慨叹。同时，人们也能感受到，尘封在这些石碑里面的，还有那些青年知识分子当年的宏伟梦想。

知识分子以他们的学识与品德，作为执政治世的资本。知识分子要想顺利地实现人生目标，就必须正视文学与政治那错综复杂的关系。这也可以说是古代中国的一个显著特点吧。由于文学家也是"士君子"，所以，文学家的理想同时也是执政者的理想。自古以来，那些被称为文学家的雅士们，虽然地位有高有低，但实际上大多数都是官员。例如，像杜子美那样的诗人，虽说只是空挂着一个官名，在抒发忧国忧民的感慨时，听着却也像是一个挂着宰相印绶的国之栋梁。假设杜子美还活着，要是有人问他："你是谁？"估计他不会说自己是文学家，是诗人，而是一定会毫不犹豫地回答道："我是士君子！"

在中国，一个人若能被供奉在庙堂里，从素养与学识方面来说，"文学家"这个头衔是不可或缺的。比如，至今还被人们推崇的韩柳欧苏①，他们作为官员的功过，自有历史学家们评说。虽然他们遗世的文章中不乏气势恢宏的政论文章，可是，后人在读这些文章的时候，又有几个人会认为他们是优秀的政治家呢？也就是说，他们作为文学家的素养，是远远高于作为政治家的。或者说，自古以来，被供奉在庙堂里的知识分子，个个都是有诗文遗世的。这在中国也是一个通例。我认为，在中国，史论、政论与文学评论之间的界线历来就是很模糊的，那是因为这三者是相互融合、彼此包含的。试问，谁能够分辨得清中国的史学家、政治家、文学家？他们之间的区别只在于，有的人在历史方面强一些，有的人在政治方面强一些，有的人在文学方面强一些罢了。所以说，中国艳体诗的创

---

① 韩柳欧苏：是对唐代韩愈、柳宗元和宋代欧阳修、苏轼的合称。

始人——《香奁集》①的作者韩偓②，曾经给世人留下过皇皇巨著《韩翰林集》③，也就见怪不怪了吧。浑身都是戏剧细胞的剧作家李渔，也有滔滔雄辩的政治史论遗世，也就不难理解了吧。

　　以上我列举的是两个极端的例子，实际上我们平时在阅读某文人的文集时，一定会看到"某某论""某某表"，或者以"送某人至何处"为题而写的序之类的文章，并且，往往会有数篇、数十篇之多。就其内容而言，也必然会涉及其为政的抱负、经世济民的理想。在文学的游记、故事风格的传记，或者楚楚动人的小品文当中，也夹杂着政论文章。这在他们的文集中，几乎是一种惯例。这些特点与我国（译者注：指日本）以及泰西④诸国的情况相较，可以说趣旨大为不同。法国只有在大革命时期，日本只有在明治维新前后，那些当政者或是仁人志士们，才同时又是文学家、诗人。可以说，他们作为启蒙时期的领导人，这些素养是不可或缺的，也是最起码的要求。而中国的文学与政治的这种紧密关系，越是在文化的成熟期，就越是如此，其中启蒙的因素非常少。我想，这是用伏尔泰、

---

① 《香奁集》：唐韩偓撰，因所取诗皆绮丽，且配声律在嫔娥及青楼女子间传唱者，故名。该诗集反映了上层士大夫沉湎于享乐生活的腐朽情调。
② 韩偓（844—923）：晚唐诗人。字致尧，自号玉山樵人。童年能诗，颇得其姨夫李商隐的赞赏，有"雏凤清于老凤声"的誉词。进士及第后为翰林学士、中书舍人。
③ 《韩翰林集》：唐代韩偓作品集。收诗三百二十六首，按类分体，编年排次，起古诗，终绝句，诗后附韩氏自序。
④ 泰西：即现在的欧洲。这是以中国为原点来说的，因为欧洲在中国的西边。明清时期，新疆以西，汉称西域；再向西去，远到欧洲就叫作泰西。

吉田松阴①、副岛沧海②的例子无法说明的，因为其中深藏着一些根本性的东西。这个"根本性的东西"，就是指在中国，文学与政治看上去是两样不同的东西，而实质上它们是浑然一体的。这就好比我们拿到一只云纹很漂亮的玉镯，当我们转动这只玉镯时，转着转着，不知不觉花纹又回到了它原来的位置上。我们就这样不停地转来转去，发现它似乎根本就没有变化。

在诗论当中能够看到政论的内容，在政论当中能够看到文学的影子。如果将这种现象都归结于是受了儒教的影响，未免过于笼统。政治与文学的这种不可分割的现象，也许不能排除儒教的影响，但我认为，比起儒教的影响，更因为在中国人心灵的深处，扎根着这样的思维方式、这样的倾向性，它们就如同地下的泉水一般，始终奔涌不歇。关注文学与政治的一体化倾向，难道不是我们加深对中国人精神世界理解的一个很好的途径吗？所以，我们不能简单地说，中国的文学与政治的一体化倾向全是儒教影响的结果。说到底，就连儒教也产生于这样的大环境中，并且这种大环境进一步推动了它的发展与改变。许多中国文学作品都可以为此佐证。

早些时候的《儒林外史》与稍晚些时候的《老残游记》③这两部

---

① 吉田松阴（1830—1859）：日本武士（长州藩士），思想家、教育者。作为明治维新的精神领袖、理论家、倒幕论者而广为世人熟知。通过"松下村塾"，培养了一大批后来开展明治维新运动的重要骨干。

② 副岛沧海（1828—1905）：日本明治时期的政治家，是明治维新政府的一员，曾经参与策划起草明治维新的政治纲领。明治二年（1869）担任参议之职。

③《老残游记》：清末文学家刘鹗的代表作。这篇小说以走方郎中老残的游历为主线，对社会矛盾开掘很深。他在书中敢于直斥清朝贪官污吏误国害民，独具慧眼地指出清官的昏庸常常比贪官更甚。

小说，它们的一个共同特点就是向读者揭示了中国古代知识分子的苦涩人生。这两部作品无情地向人们揭示了，为了出人头地，知识分子们是怎样出卖自己的灵魂的；而他们一旦取得了功名，又是怎样显露出自己丑恶的面目的。小说所描绘的，虽然不是中国知识分子的宏大理想，却也生动地揭示了在当时的现实社会中，知识分子的悲愁与苦闷、探索与卑微；从历史资料的角度，给我们提供了丰富而形象的例证。中国当代作家茅盾曾经说过，在中国的旧小说中，《儒林外史》是最优秀的作品。这种说法是否合理，我们暂且不论，不过正如鲁迅在《中国小说史略》中一语道破的那样：《儒林外史》的作者秉承公心，在揭露"士君子"的弊病这一点上，可谓痛快至极。作者在《儒林外史》一书中，笔力生动地描写出那些徒有其表的所谓"学问"与"道德"，实际上隐藏了极大的"恶"的成分。从这部作品中，我们能够看到，古代中国的知识分子是如何循着这样的一条道路，不停地滑向无底的深渊的。可以这样认为，《儒林外史》以它锐利的现实主义的笔致，在中国文学史上享有不可替代的名望。

《老残游记》的作者刘鹗[①]，字铁云。对于他的名字与功绩，研究甲骨文的专家们可能更为熟知。他所著的小说《老残游记》，是一部嘲讽知识阶层的代表——官员——丑陋灵魂的犀利之作，字里行间充斥着痛烈的鞭挞，一语道破了"清官"的虚伪面目。他告

---

① 刘鹗（1857—1909）：字铁云，清末作家。他的文学作品《老残游记》是晚清四大谴责小说之一，对当时许多时弊都有很深刻的描述，其写作技巧受到胡适的盛赞。他曾向已故国子监祭酒王懿荣的家族购买了大量殷商甲骨，作《铁云藏龟》，这是第一部甲骨文集录，奠定了后来甲骨文研究的基础。

诉我们，"赃官"与"清官"相比较，清官的昏庸给社会带来的危害更大。他观察社会问题的视角，可谓独具慧眼。拿钱好办事，这是"赃官"的主要特征，大家都心中有数。而"清官"则不然，他们老谋深算的城府更加难以揣摩，为官的昏庸与胡乱作为就更加遗患无穷。相比之下，还是"赃官"的心思更容易把握。我们再来看看这部小说的作者刘鹗，他的一生经历足以引起人们的兴趣。他原本是江苏的一个读书人，生性简慢，不拘细节，青年时期不愿走科举入仕道路，而是广泛研习水利、算学、医学、金石、天文、音律、训诂等各种学问。先是在淮安府城南桥开烟草店，因不善经营而歇业。后去扬州行医，又与人在上海合作开办石昌书局，也以失败告终。光绪年间，他赴河南投奔东河总督、以文学家名闻官场的吴大澂，任河图局提调官。由于他协助吴大澂治理水患获得成功，一跃而为知府，之后便进京任职。当时，刘鹗或是计划修建铁路，或是策划在山西开发矿产，而这些不着边际的设想，广受世人非议。"庚子之乱"，他以低价购买国库粮食，用于赈济灾民，救了许多人命。但官府最终以私购国库粮食的罪名将其发配新疆，次年他因脑出血病死，死后归葬于江苏淮安。

在北京东城的禄米仓胡同[①]，至今还残留着当年国库粮仓的遗址。那是一条被很长的围墙围着的胡同，每当我行走在禄米仓那段静寂的街道上的时候，心里总是会想起这个写《老残游记》的刘鹗。我认为，作为政府官员，他功罪参半；而他的所作所为，具有中国古代官员的典型特征。他在治理水患、修建铁路、开发矿山的过程

---

① 禄米仓胡同：位于北京东城区东南部，原是明清两朝存储京官俸米的地方。

中，谁能够保证他没有过私心？到最后从事赈恤灾民这样一件天人共赞的善业，该是他的良知尚未完全泯灭的例证吧。刘鹗在我们面前展现了这样一条生命轨迹：平生矢志不渝要有所作为，做官之后则清浊并蓄，最后连身家性命一起搭上。可以说，这是中国古代官员非常具有典型意义的一生。它所揭示的，似乎就是古代中国知识分子人生的必由之路。当然，如果一辈子做官没犯什么错，死了之后，估计会有人为他竖一块彰显功德的墓碑，墓地里也会有石豹、石狮、石人之类的守护着吧。可惜的是，他的一生错误不断。而我们从他犯错的地方，恰恰可以看到他人性的光芒，看到他的可亲可爱，感受到他那颗温暖的心。从另一角度看，也只有具备了他这种经历的人，才有可能写出那么一部脍炙人口的小说。《老残游记》本身就是一部非常生动有趣的作品，阅读时若再结合刘鹗的生平境遇，更增添了趣味。

自辛亥革命、五四运动近二十年来，中国的知识阶层可谓发生了惊天动地的巨变。看他们彷徨的脚步，很容易产生错觉。人们不禁会问：他们如此丧魂落魄，是不是丢失了传统道德的缘故？但是，当我们平心静气地静观他们所走过的道路，以及眼前的现实时，就会发现，他们的样子虽然发生了某些变化，可骨子里依然是中国的知识分子。以前，他们寒窗苦读十三经，冥思苦索八股文，而现在只不过是腋下夹着西洋书籍，用洋文在写作文章罢了。那种催动他们激情的，依然是所谓经世济民的理想。他们的愿望，仍然是，有朝一日做了官，用自己的权力去统治那些蒙昧的百姓；如果做不成官，他们准备以自己身为文学家所持有的、与官员等同甚至高于官员的批判特权，来施加指导性的影响——也就是古代处士①所具有的那种特殊权力。白话文运动之初，胡适先生就提出了"八不主义"②，给人一种要打破旧格局的印象。而事实上，即使是现代文学，若想完全将政治摒弃在一旁，亦是一件很难办到的事情。我以为，这样的东西不能称之为"旧格局"，或许，这才是中国知识分子真正的民族传统的延续呢。

---

① 处士：古时候指有德才而隐居不愿做官的人，后亦泛指未做过官的士人。古时候，男子隐居不出仕，讨厌官场的污浊，这是德行很高的人才做得出的选择。

② "八不主义"：见胡适 1918 年《建设的文学革命论》一文。"八不"内容如下：不作言之无物的文字；不作无病呻吟的文字；不用典；不用套语烂调；不重对偶，文须废骈，诗须废律；不作不合文法的文字；不摹仿古人；不避俗话俗字。

中国少年谈

　　我认为，在中国，只有成年人与少年，没有青年。一个人处于少年的时期很长，然后就一跃而为成年人。而在日本，人的一生，青年时期比较长。这是介于少年与成年人之间的一个过渡期，或者说是具有暧昧色彩的一个时期。中国的中学生，一般来说是初中三年、高中三年。初中阶段还完全是少年，到了高中阶段就成了成年人。等读大学以及大学毕业之后，就渐渐地世故起来了。

　　如果说，少年的天性就是纯真无邪、幼稚可爱的话，那么，所谓成年人，就是指已经基本失去了这些东西的人吧。如果要问，成年人怎么会变成这种样子的？大概是因为人在成长的过程中，经受了种种磨难吧。从广义上讲，人在经历磨难的过程中逐步取得生活的经验，属于人类活动的社交性范畴。多少年来，中国人面临内忧外患，难以摆脱长期遭受磨难的命运。而日本人生活在岛屿上，世世代代以打鱼为生。漂泊的渔船，遇到狂风巨浪，船翻了，葬身海底的事情如同家常便饭。对于日本人来说，"死亡"这个东西说来就来，所以，有"地狱就在一块木板下面"的说法。这块"木块"指的当然就是渔船的船板了。不过，也正是他们频繁地与死神打交道，渐渐地练就了临危不惧、善于化险为夷的民族性格。与日本人相比，中国人没有这样的经历。但他们具有广泛的社交性，具有坚毅强健的神经。就这一点而言，日本人不得不甘拜下风。

因此，一般说来，一个年轻人之所以给人由少年一下子变为成年人的感觉，更多是由他异常的社交性导致的。我们所说的青年，换句话说，就是指还不够成熟的那个人生阶段。说他是少年吧，也不是。说他是成年人吧，也还不是。可以说是人生的阴天吧。所以，在伦理上，这是一个很关键的时期，或者能变成雨天，或者能变成晴天。从这个意义上来推断，中国的青年刚脱乳臭之气，就变成了成年人。他们的个头虽然有大有小，面孔看上去还很年轻，性情却已经很成熟。中国的社会氛围导致大多数青涩的青年看上去就像成年人一样的成熟。

如此这般，他们便由少年一跃进入了成年人的圈子，中间缺了青年这个成长阶段。在外人的眼里，这样的人群总是有些异样。比如，中国人特别喜爱曲艺，少年喜欢，成年人也喜欢，因此曲艺特别发达。与之相对的体育运动则不那么发达。体育是青年人的运动，是年轻人生命力旺盛的一种表现，是以年轻人为主力军的运动。中国由于缺乏青年这个群体，因此体育运动不发达，这原本也是一件自然的事情。我们说，只有少年与成年人的社会，是个十分奇妙的社会，但这确实就是中国社会的现状。这样的社会现实也引起了人们对中国社会诸多问题的思考。中国一方面具有悠久而丰富的传统文化，同时也存在着令人难以理解的未开化性、野蛮性。当然，我们不能说这就是如今少年与成年人之间产生对立的直接原因，但至少可以认为，如今数十层、数百层的关系，都是以此为核心而派生出来的。说到少年与成年人之间的对立，很容易使我们想起这样一些现实问题，如从属关系、封建式的支配与被支配的关系，等等。如果从更深层方面来说，少年与成年人的对立，可以追溯到非常高深的哲学思想与蒙昧无知的原始感情的共存并蓄上来。

行文至此，就让我来说说芦焚①的短篇小说《过岭记》吧。

《过岭记》说的是一个炎热夏天的正午时分，一个少年和一个退伍士兵翻越蜈蚣岭的故事。少年与士兵互不相识，人在旅途，他们只是在翻越这座山岭时偶然相遇。蜈蚣岭，上坡三十华里，下坡三十华里。在翻越这座山岭的过程中，要转过四百八十八道弯。小说中的人物，除了少年与士兵外，还有一个被称作"我"的男人。他们三人一路走来，兴趣索然。这个故事是以"我"一路上所听到的少年与士兵的对话来展开的。

这篇《过岭记》，写的就是主人公在山路上走啊走，没有任何惊险曲折的故事情节。通篇充满着炎炎夏日的疲惫氛围，还有漫长山路上难忍的单调。素不相识的少年与士兵，就是在这条山路上，变成了仿佛百年以前就熟识的知己。他们一路斗嘴，闹着玩，说笑，彼此之间甚至产生了深厚的感情。

我们可以用《过岭记》中的少年与士兵的关系，来理解日常生

---

① 芦焚（1910—1988）：中国现代作家。原名王长简，1946年以前用笔名芦焚，后用师陀。著有短篇小说集《谷》，长篇小说《结婚》《马兰》等。

活里中国人相互之间的关系。少年与成人士兵虽然平时没有太多的交集，可当他们遇到必须一起攀爬一座山岭的命运的时候，虽然那个"大人"心底很喜欢那个"孩子"，但表面上还是要装作凶巴巴的样子。我觉得，芦焚的《过岭记》所描写的人物与故事，就是中国现实人际关系的真实写照。

刚才说过，在中国社会，只有少年与成年人这两部分人。在文化方面，也只分少年与成年人这两个部分。从这个意义上来讲，人的"青年"这个阶段就萎缩与退化了。蔡楚生执导的电影《迷途的羔羊》①，是中国电影高水准的代表，它与《渔光曲》②《天伦》③等作品一样，一直受到世人的好评。《迷途的羔羊》这部影片中所描写的少年的悲喜，是日本的少年不可能体味到的，是中国少年所独有的情感经历。

这个故事是这样的：

有一个村庄，人们过着平静的生活。傍晚，一群少年聚在一起，高声齐唱歌谣。突然，一帮打着骷髅旗子的匪徒闯进了村子，烧杀抢掠，将村庄夷为平地。村里的少年们为了躲避匪帮，四处逃散。他们当中的一些人乘船到了上海。其中有个男孩与大伙儿走散了，

---

① 《迷途的羔羊》：联华影业公司出品的儿童电影，由蔡楚生执导，陈娟娟等主演。这是中国第一部优秀的儿童电影，儿童演员葛佐治和陈娟娟的表演活泼天真，赢得了当年电影观众的喜爱和喝彩。

② 《渔光曲》：1934 年由蔡楚生编剧和执导的影片，王人美、韩兰根等主演，是 20世纪 30 年代中国影片的代表作之一。

③ 《天伦》：联华影业公司于 1935 年出品的电影，由费穆执导。影片讲述了一个殷实家庭中四代人的故事。伦理片一直是中国早期电影的重要类型，而其巅峰之作便是这部《天伦》，在当时被誉为"中国影坛一部稀有的作品"，"达到了中国默片的最高峰"。

沦为乞丐。这个乞丐少年为生计所迫，做了许多坏事。到后来，他甚至与猫争抢食物。有一天，面对一只死去的小鸟，他悲伤不已，久久地伫立在滂沱的大雨中……这个感人的场景，真是太震撼了。电影通过这个场景，表达出了浸润在中国少年心灵深处的纯粹的诗情。

没想到的是，一个偶然机会，这个少年竟然被某富豪收养了。他十分孝敬养父母，日子过得很幸福。可在他内心深处始终存在着一种难以言说的寂寞感，总觉得耳畔有个声音在呼唤他。这就是影片给我们讲述的小三子的故事。它写小三子的走投无路、他的奇遇以及他充满矛盾的内心世界，写他的妥协、他的执着……通过小三子的际遇，充分揭示了中国少年的性格特征。

有一天，小三子偶然在富豪家后院的围栏外面看到了一群边行窃边乞讨的少年。那些乞儿，正是曾经与自己一起在家乡的村庄里唱过歌谣的伙伴。这些人与小三子走散之后，无一例外地沦落成了乞丐，做了许多坏事。虽说隔着铁栏杆，但听到了乡音的小三子，真切地感觉到，那个一直在心底呼唤自己的声音，现在就在铁栏杆的外面。他的心被一种幸福感填得满满的。中国人遍布世界各地，他们无论走到哪里，无论发达到什么程度，对故乡深厚的感情都不会变。就说印制名片吧，他们除了印上现住址外，一般都还会印上"出生于某省某县"这类的字样。在他们寓所的名牌上，也常常能够见到这样的表述。这似乎是在告诉人们，故乡永远是他们的魂归之所。在爱恋故乡方面，有些平时做事总是漫不经心的中国人，甚至比日本人还要执着。你感到意外也好，感到自然也罢，事实就是如此。蔡楚生隔着铁栏杆所描写的少年们的心理活动，就是很好的例证。

从那之后，少年们每天都会隔着铁栏杆与小三子会面。思念之情是消除了，但也被富豪知道了。一次，小三子无意间撞见富豪太太的私情，却被她反诬赖偷窃，富豪决定赶走小三子。小三子被逐出家门，再次沦为乞丐。即便如此，他并没有流露出哪怕丝毫的悲伤，而是高高兴兴地重新加入了乞丐的队伍，开心地生活着。富豪的老仆由于庇护小三子，负有监管不力的责任，也被富豪解雇了。虽然被解雇了，但他还是一如既往地照顾着这些乞儿。而乞儿们也很喜欢他，甚至还希望他能加入他们的行列。当然，老仆还不至于沦落到这个地步，他迟早能够解决自己的生计问题，乞儿们也希望他能够尽快找到新的工作。老仆的想法与乞儿们的想法是完全相通的——虽然眼前不得不为生计奔波，但彼此之间能够这样相互温暖，难道不是一种幸福？或者说，这是他们自信心的一种体现吧。我想，用不了多久，他们就会开开心心地齐声合唱那首歌谣了。

　　没错，影片《迷途的羔羊》写的就是这么一群迷途的"羔羊"。我以为，那个被解雇的富豪的仆人，应该就是"牧羊人"吧。当然，他最终是否能够成为一个合格的"牧羊人"，谁也不敢断言，因为影片没有交代故事的结局，就落下了帷幕。影片描写的大多是不良少年们阴暗自卑的心理，但那些能够让我们感到诗与道德相融合的纯真童心的精神美，却是发人深省的。就对这部影片的理解而言，日本人与中国人之间肯定存在着很大的距离。要是让我说的话，影片中那些迷途的"羔羊"是最能表现中国少年们的性格与感情的。童心的表达，一般来说是最直截了当的。而这样的表达方式，能够十分明了地将中国少年们的精神世界展现在我这样的外国人面前。如果说鲁迅的《阿Q正传》中的阿Q是部分中国人的象征，那么，我认为,《迷途的羔羊》中的少年们,便可以看作是中国少年们在性格、感情等方面的一个象征。

童谣当中所隐含的少年们的秘密,其实是最珍贵的。童谣所表达的思想、感情,在许多情况下,都是成年人思想、感情的再现。也就是说,成年人常常会借助纯真的童心与少年们的嘴巴来表达自己的愿望。中国的少年与其他所有国家的少年们一样,孜孜追求着自己的快乐时光和幸福的生活。

> 元儿,元儿,
> 我们俩一起玩儿,
> 我们去二闸踢球吧。
> 吃饭、喝茶,
> 回到家也一起玩儿吧。

看来,中国人吃的功夫是从小就培养的。当然,少年们的所谓"幸福生活",首先是从能够吃饱喝足开始的,这一点不仅仅是中国如此。"二闸"是个地名,在去北京东郊、人称"红叶寺"的佛手公子庙的途中。现在被水淹了,看不到过去的景色了。不过,大家都知道,那里是赏月的好去处。以前,在枫叶红了的季节,到处都摆满了茶水摊子。踢球踢饿了就吃饭,吃完饭回家,再一起玩儿。这些都是想告诉人们,儿童的精力特别旺盛。

> 小脚女孩,
> 想吃糖,

没有钱，
靠着墙边抹眼泪。

这首童谣所流露的，虽然是同情弱者的美德，但同样没有离开吃东西。还有那么一首民谣，也表达了同样的意思：

庙前台阶上，
少年捡着了钱。
捡了钱买什么？
买醋又买盐，
再娶个媳妇儿好过年。

这首童谣读起来虽然有些奇怪，让人觉得这个少年很自私，但它其实是中国人日常烦恼的一种反映，世俗的内容下潜藏着严酷的社会现实。

当时的社会，对于普通老百姓来说，娶亲需要花费许多钱。因为要想娶人家姑娘，就得送相当数量的彩礼钱。对于贫民来说，需要付出多少艰辛的劳作才能换取这笔钱？他们要是捡到一笔意外之财，不费力气就能娶到媳妇，那该多好！童谣虽然表达的内容有点自私，可不也正了却了他们梦寐以求的心愿？我认为，这算是将严酷的社会现实借助童谣表现出来的一种形式吧。下面的一首童谣，虽然内容看上去很自私，但从表现手法上来看很天真——

树上乌鸦哇哇叫，

老王，老王你快去看，

后山有只大肥羊。

你要是想吃羊的肉，

我也想吃一段羊的肠。

　　童谣很天真，说的还是吃的事，就是有些心思不正的嫌疑。而且，童谣是一种文学形式，虽然简洁明了，却寄托了人们对未来生活的期待与向往。当然，那只树梢上的乌鸦不光想法自私，还表现出了一种狡黠的性格。这另当别论。

　　说到中国写儿童故事的现代女作家，我不由得想起两个人来，一个是丁玲，另一个是冰心。激情澎湃的丁玲，她的作品也是充满激情的。我们从小说《松子》来看丁玲女士的表情，是诅咒式的、杀戮式的。我不是指故事中死人的事情，而是说从她笔端所流露出来的情绪是杀戮式的。

　　在湖南的一个乡村，住着一户靠打短工为生的农民。他家的长子叫松子，有个妹妹叫小三子，最小的男孩叫小毛。他们家贫困到了极点，日常生活都难以维持。可是，巨大的灾难还是像狂风一样侵袭了这个贫困之家。丁玲这样写道："小毛却在有一天不小心将那小脑壳塞进了那载重汽车的大轮。"于是，松子遭到了父亲的毒打和母亲的责骂。平时，松子总是食不果腹，他就干起了偷盗玉米棒子、偷吃桃子之类的勾当，而且偷盗的手艺还越来越高强。现在，他要去山谷的关帝庙，偷住在那里的道士地里的西瓜。可是，妹妹小三子总是寸步不离地跟着他。实在没办法，他就吓唬小三子，说关帝庙里有大狗，这才把妹妹给吓了回去。小三子因为总能从松子手里分到吃的，所以，才总是跟着他。小三子虽说被松子吓得往回走了，可还是不甘心，又折回，朝着松子的方向追过去。但是，当她爬到坡顶后却迷了路。这个时候，早已不见了松子的影子……

松子在到达目的地关帝庙之前，先在村口的铁匠家附近望了一会儿风，并以此来消磨时间。他听到老铁匠正在铁匠铺子里训斥徒弟。那个徒弟连晚饭都没吃上，就被赶出了家门。松子看到这一幕，就匆匆赶到关帝庙的西瓜地里。他屏住呼吸，摸到了一只大西瓜。就在他往回走的时候，突然被一双有力的大手紧紧抱住了。回头一看，不就是刚才在铁匠铺子里挨师傅骂的那个徒弟吗？于是，他们二人就争抢起了西瓜。正当此时，那只大狗发疯似的吼叫着，从关帝庙的门口跑了过来。人们的叫喊声也随之传了过来。松子吓得仓皇逃窜，身上不知何时已经挨了几块石头。这时，附近人家的几十条狗也一起吼叫起来。他跑啊跑，玩命地跑，总算是跑到了高冈上，这才松了一口气。天空中，星星闪烁着寒光。松子仰面躺在草地上。野草上沾满了露珠，草丛里飞起了一只萤火虫，尾巴上闪着微弱的亮光，消失在无尽的黑暗中。松子鼓起勇气继续赶路，可是，身上的疼痛一阵阵袭来。他忍痛向前走，走着走着，看到了一座砖窑。他发现砖窑旁边聚集了许多人，人们嗡嗡的说话声里，还夹杂着叫喊声与哭泣声。令他吃惊的是，他还听到了母亲的声音。他连忙拨开众人走近一看，地上躺着被恶狗咬死的小三子的尸体。松子知道自己惹下了大祸，没敢吱声，就在夜幕里消失得无影无踪。

我想，作者绝不是故意要把这个故事写得如此凄惨的。丁玲想要表达的主题十分清楚，她要告诉人们，贫困家庭的少年，就像爬行在深渊边上的昆虫，到头来还是摆脱不了被深渊吞噬的命运。对于这些可怜无助的少年，作者没有给他们任何旋回的余地，而是用冷峻的笔触，将他们直接推进深渊。不过，我们要是仔细观察一下当时中国农村的真实状况，以及少年们的惨淡人生，那对于丁玲这篇令人毛骨悚然的作品，也就不难理解了吧。

与丁玲的表现方式完全相反的，是冰心的作品。《离家的一年》是冰心描写孩子们的作品之一，也可以说是表达冰心思想感情的一篇力作。

这个故事说的是，一户人家有个十四岁的姐姐，还有个十三岁的弟弟。弟弟为了上学读书，只得去很远的学校寄宿。父亲托付一位姓周的先生帮助照顾他。于是，这个少年不得不离开自己所依恋的父母双亲、姐姐、女佣李妈，还有家里的猫咪，有生以来第一次独自在外面居住。到学校后，少年很快就收到了姐姐的来信，他也总是勤快地给姐姐回信。就这样，少年离家读书虽然很寂寞，但也能够健康快乐地度过每一天。时光荏苒，少年在寄宿学校已经待了一年。眼看到了期末，考完试就可以回家了。他决定事先不告知任何人，悄悄地回家，准备给家人一个惊喜。那天，傍晚时分，少年回到了家。姐姐穿着白衬衫站在院子里的花架旁边，父母亲正在吃晚饭。看到少年突然归来，家里人都惊喜不已。那天夜里，阖家团聚，其乐融融……

当你读完这个故事，也许会想：这哪是小说？分明就是小品文啊。少年心中的不安，与少年分别后姐姐的寂寞，都在他们的来往信件中写得一清二楚。读者通过他们的信件，知悉弟弟在学校并没有什么为难的事情。读者仿佛能够时刻触摸到少年身心的成长，能够看到他脸上轻松的微笑。我想，这大概就是作者预期的效果吧。

作家冰心以如此温婉的笔致，为读者营造轻松的氛围，虽说有些平铺直叙，却也无可厚非。若是她采用与丁玲同样的写法，又会是什么样的效果呢？我们来看看同样是描写少年命运的她的另一篇作品《三儿》①，留给读者的，就是血腥的味道。有个名叫"三儿"的少年，误入实弹射击现场捡弹壳，不料被流弹误伤。他伸出沾着鲜血的手，递给悲痛欲绝的母亲刚刚得到的二十元赔偿金，道："妈妈，给你钱……"说完这句话就咽了气。这种令人摸不着头脑的表现，又能给读者带来什么有益的东西呢？在冰心的作品中，最值得一读的，要数她在创作人物时，敢于把自己放进去。这也是她文学创作生涯中最精彩的部分。在她的《离家的一年》这篇小说作品中，十四岁少女所写的那些信件，读起来总觉得是冰心自己的口吻。同时，读者也能感觉到，作品中的周夫人，就是冰心以自己为原型创作的一个人物。这些催人泪下、温柔而又具有基本道德观的作品，准确地表现了一个稳健处世的女性形象。如前所述，若将冰心的小说当作小品来看，似乎更为恰当。而在她以儿童为题材的作品中，与《离家的一年》一样，可以称得上佳作的，还有一篇《寂寞》②。

　　有个少年，名叫小小。一天，小小的婶娘带着堂妹来家里做客。第二天早上，小小带着堂妹去山间的溪水边玩耍。他们开了后门，只见一道清溪横在面前。沿溪两行垂柳倒映在水中，荡漾起碧绿的波澜。他们二人先是边走边捡石子儿，走累了便坐在一块石头上聊天。

---

① 《三儿》：冰心的短篇小说。发表于 1920 年 9 月 29 日北京《晨报》。
② 《寂寞》：冰心 1922 年所作短篇小说。收录于《冰心作品精编》。

小小四下里望着，忽然问道："昨天婶婶为什么落泪？"妹妹说："萱哥死了，你不知道么？若不是为母亲尽着难受，我们还不到这里来呢。"……小小两手放在裤袋里，凝视着她，过了半天，说："不要紧的，我也是你的哥哥。"妹妹微笑说：

"但你不是我母亲生的，不是亲哥哥。"小小无话可说，又道："横竖都是一样，你不要难过了！你看那边水上飞着好些蜻蜓，一会儿要下雨了，我捉几个给你玩。"

果然，午后就下起了雨。雨延绵不断地下着，他们就哪里也去不了了。于是，就在家里讲吴承恩《西游记》的故事，讲格林童话《白雪公主》的故事。过了两天，天又晴了，他们就去自家的园子里玩。雨后的青山与树林都很清润，茉莉花也开了，望过去像是一片白色的云。小小陪着堂妹四处玩了一会儿，又回到了母亲们待的亭子里。小小看到倚亭柱坐着的婶娘，眼边似有泪痕，便问母亲道：

"婶婶为什么又哭了？"母亲道："婶婶看见我替你买了一顶小草帽，看那式样很好，也想买一顶给萱哥。忽然想起萱哥死了，便又落泪，我们转身就出来了。……"

过了一会儿，大家都回了屋。傍晚，一轮新月挂在柳树的梢头，大家围坐在院子里的餐桌旁用餐，母亲读着小小的父亲从英国寄来的信件。就这样，孩子们每天开心地玩耍着。可自从堂妹有一天在外边中暑之后，他们就不敢再去外边了，只在家里玩。他们将扶着牵牛花的竹竿都拔出来，打算在墙荫里给牵牛花搭个架子。第二天，小小的学校里要开"成绩展览会"，他要去跟同学们一起练习唱校歌。临行前，小小嘱咐堂妹道：

"午后我就回来，你先把顶子编上。"

午后，小小买了面国旗，匆匆忙忙赶回家，打算跟堂妹一起搭棚顶。可到家一看，叔叔已经来家里把婶娘和堂妹接走了。母亲看着小小闷闷不乐的神情，解释道：

"昨晚上不是告诉你了么？前几天叔叔来信，就说已经告了五天的假，要来把家搬到南边去——我也想不到他们走得这么快。妹妹原是不愿意走的，婶婶说日子太短促了，他们还得回去收拾去，我也留他们不住。"小小说："怎么赵妈也不到学校里去叫我回来？"母亲说："那时大家都忙着，谁还想起这些事！"

听了母亲的话，小小伤心地趴在桌子上哭了。临睡前，母亲安慰他道：

"好好地睡罢，明天早起，我教给你写一封信给妹妹，请她过年再来。"

小小勉强抑住抽泣，自个儿躺下了。他向窗外望去，今夜的月光好明亮啊！它照见了院子，也照见了墙边上没有竣工的茉莉花架。顶子已经编好了，是妹妹做的……

他无聊地掩上窗帘，重新躺下。隐隐能够听见屋后流水的淙淙声响，树叶也随风发出窸窸窣窣的声音。小小看见自己的床上，睡衣与衾枕都被月光染得如同白雪般明亮。微风吹来，他不禁又伏在枕上哭了……

冰心作品中所描写的少男少女，都是大户人家的孩子。他们严守父命，不越雷池半步。同丁玲所描写的少男少女是真实存在的一样，冰心笔下的孩子们也是真实的。与丁玲专门描写乡村贫困扭曲的孩子不同的是，从小就生活在富裕家庭里、受过高等教育的冰心，所描写的大多是与自己生长环境相似、性格特征相似的孩子们。仅此一点，我们就可以说，冰心作品的真实性与自然性是不容置疑的。

岫云寺纪行

    我初到中国留学的时候，距离中日战争①全面爆发还有整整一年。如今回想起这段经历，就像是在做梦一般。那年四月的某一天，新诗社②在药研堀的松乐酒家为我举行送别宴会。与谢野晶子夫人③曾当场作诗，作为临别的赠言。诗曰：

        最是四月隅田川，
        春泪涟涟春水寒。

---

① 中日战争：这里指抗日战争。
② 新诗社：日本的诗歌结社团体，全称是"东京新诗社"。1899年成立，1949年解散，是日本著名和歌诗人与谢野铁干以革新传统和歌为目的而创立的。1900年4月创办《明星》期刊。明治中期至后期成为日本浪漫主义文学的核心阵地。
③ 与谢野晶子夫人（1878—1942）：日本明治至昭和时期活跃的诗人、作家、思想家。她的丈夫是日本著名和歌诗人与谢野铁干。晶子夫人一生著述颇丰，日本作家田边圣子称她为"一千年才出现一个的天才"。

临川把酒送君别，

且待天涯归远帆。

　　我记得那天，多年的老友纪元因故未能参加。席间除了柏亭、生马、新太郎、泰舒等诸位画家之外，一代词宗春夫先生与秋骨①翁也莅临晚宴，令我喜不胜喜。我情不自禁，开怀痛饮，大醉而归。出发的日期已经确定，我每天都在忙着做出国的准备。

　　时光荏苒，转眼就到了五月。万万没有想到的是，灾难从天而降，我的妻子在三日之内暴病身亡。面对这突如其来的变故，我就像个突然失去了四肢的废人，一时不知如何是好。我匆匆为爱妻举行完葬礼，还是按照预定的计划，逃跑似的离开了日本，踏上了前往北京的旅程。那种刻骨铭心的伤感，促使我的内心生出一种奇妙的冲动，凝聚起我继续前行的勇气。谁知，到了北京之后，我思念亡妻的悲伤愈加痛切。我怀着悲痛的心情，写下一首又一首诗句，寄给与谢野夫人，悼念我亡故的妻子。

　　其一：
　　啊，五月十六日，
　　你是一个怎样凶恶的日子？
　　在我的生命里，
　　倏然刮起了惊天的风暴。

---

① 秋骨：即户川秋骨（1871—1939），日本的评论家、英国文学研究家、教育家、翻译家、散文家。

其二：
稚子尚待哺，
慈母心里忧。
昏昏弥留时，
急急犹呼救。

其三：
惊闻杜鹃泣，
长夜漫漫何所思？
无言对亡妻。

　　转眼就到了秋天。这时，我的北京留学生活开始慢慢地趋于平静。我在笔记本上写下了许多歌词。不过，这些歌词我没有好意思寄给与谢野夫人。其中一首是——

凤易去兮，
红妹老。
月昏黄兮，
秋妖娆。
百顺胡同①兮，
美人儿俏。

---

① 百顺胡同：位于北京大栅栏地区的西南部，全长 245 米，宽 5.7 米。明朝称柏树胡同，因种有柏树而得名。清初谐音取"百事顺遂"的含义，更名为百顺胡同。

我凭借着叔父业务上的关系，住在袁乃宽先生开办的公司里。袁乃宽是袁世凯的外甥，体形瘦削，长高个儿，是个年过六十的老人。袁乃宽有个外甥小姚，是个肤色白皙、吊眼梢又有些神经质的贵公子哥儿。小姚也是在这个公司就职的中国人之一。没过多久，我跟他就成了无话不说的好朋友。他热衷于玩蟋蟀，不管走到哪儿，手里都得提着那只做工精巧的蟋蟀笼子。他还特别擅长拉胡琴，与徐兰元①等人来往密切，是个货真价实的"票友"。他不怎么喜欢说话，在许多场合都缄口不言。他的身上总穿着一件古色古雅的坎肩，给人一种高深莫测的感觉。

　　后来我与该公司的高管杨先生攀上了关系，也是源于小姚的推荐。杨先生五十来岁，体弱多病，平时很少出门，大多时候猫在屋子里练习昆曲与诗作。几年前夫人亡故，现在与三个女儿中还没有结婚的小女儿一起生活。杨家虽然雇了伙计和女佣，但宅子总是给人一种空荡荡的感觉。杨先生又是个特别爱说话的人，这样一来，更显得他家冷清了。他家的日常开支主要靠公司，经济上并不宽裕。

　　小姚领我见杨先生也是有缘由的。平日里杨先生的生活很寂寞，从消磨时间的角度考虑，他希望能找个学生，辅导对方学习古文。小姚问他，如果是个日本学生行不行？他说，那也挺有意思的啊。这就说明他并不拒绝接受外国人当学生。于是，我就怀着好奇心找上门去了。我们的授课没有固定日期，双方都方便的时候，我就去

---

① 徐兰元：中国著名的京剧艺术大家。他作为琴师，被梨园界誉为"胡琴圣手"，曾为谭鑫培、梅兰芳两位京剧艺术大师操琴。

他家里上课。不过，杨先生给我读的那些文章，都是"桐城派"^①的作品，"桐城派"文章的特征是词句精练、写景传神、记叙扼要、语句流畅，诵读时抑扬顿挫，十分畅快。我觉得，与其说杨先生是为了帮助我提高古文的学识，倒不如说是为了他自己享受那份阅读的快感。

杨先生的小女儿是北京大学国文系三年级的学生，身材高挑，相貌出众。不过，乍一看不那么活泼，是个内向的姑娘。我想，也许是母亲早逝导致了她性格内敛。不过，也可能她本身就是性格内向的姑娘，所以，给人的最初印象一般。比如，同样是烫发，她即使烫了头发，也并没有其他女子烫发之后的效果。眉眼鼻子长得都很周正，可感觉并不好看，但要是在旁边仔细端详，又觉得还是挺漂亮的。说到底，她就是个天然清纯的女孩。不过，有时她也会穿胭脂色的绸缎衣服，戴翡翠戒指。而在我的心目中，杨小姐始终是身穿蓝布褂子、手上不戴任何饰物的姑娘，并没有如盛开花朵般令人心旌摇曳的魅力。然而，她的特别之处在于，行事风格有一种如同晨风般爽朗的劲儿。所以，无论在她身旁待多久，我都不会有厌倦之感，只觉得身边弥漫着奇异的馨香，心生一股温和的暖意。

渐渐地，杨小姐也开始经常到我的住处来了。一开始是小姚带着她来。我们常常见面，闲聊各种各样的话题。我渐渐了解到她的

<hr>

① "桐城派"：亦称"桐城古文派"，世称"桐城派"，是中国清代文坛上最大的散文流派。它以文统的源远流长、文论的博大精深、著述的丰厚清正风靡全国，享誉海外，在中国古代文学史上占有显赫地位，是中华民族传统文化中的一座丰碑。

性格及喜好，就如同她的相貌一样，乍一看很平常，可仔细端详的话，又觉得她的五官长得很精致。再如，她说话时虽然不是那么充满情趣，却温和诙谐，热情洋溢。渐渐地，她愿意陪我一起去北海散步，去中央公园的来今雨轩喝茶了。就这样，我们经常一起去户外活动，彼此也不觉得尴尬。这使我有了一种安心的感觉。

那年（译者注：指 1936 年）10 月 19 日，鲁迅逝世。20 日，我翻开《大公报》[①]，"鲁迅昨在沪逝世"的通栏标题与他的遗像赫然在目。那天，老天爷突然降温。夜里，我第一次升起了火炉。

在那之后，我与杨小姐每次见面都会谈到鲁迅。她告诉我，中学时代她喜欢读巴金的书，上了大学之后，就喜欢上鲁迅的作品了。

有时候，小姚也会特意跑到我这里来坐坐。我们平时都是在一起吃午饭的，他特意来找我，肯定是"无事不登三宝殿"。那么，他来的目的是什么呢？就是撮合我与杨小姐的婚事。我感谢了小姚的好意。不过，那之后我陷入了困惑。我了解到杨小姐也从她的父亲那里知道了这件事情，这样一来，我就有了一种不自在的感觉——我们在谈论鲁迅的话题时，杨小姐可能什么都知道了。想到这些，我就有些心神不定的感觉。

北京的冬季十分漫长，熬过寒冬的人们，终于换上了轻薄的春装。随着春天的到来，我的心情也变得轻快起来，开始将自己创作的一篇篇诗歌寄往东京。例如：

---

① 《大公报》：1902 年创刊于天津，是中国 1949 年以前极具影响力的报纸之一。

其一：
四月芳菲天，
花红柳绿话燕京，
少女舞轻衣。

其二：
绿荫重重垂池塘，
红掌悠悠拨清波。
白毛浮水近岸边，
石狮栏下向天歌。

　　这期间，小姚还是经常往我这儿跑，执意催促我与杨小姐的婚事。可是，杨先生也好，杨小姐也好，都没有跟我提起过这件事，我也没有跟他们涉及过这个话题。说实话，小姚说的那些话，我心里不仅没有反感，甚至还有些暗自得意呢。不过，我知道，这件事情是不能就这样含糊其辞地混过去的，必须找个机会清清楚楚地向小姚表明自己的立场与态度。随着时间的推移，我认真地考虑了这件事情。

　　大概是在我到北京留学第二年的六月底吧，我与杨先生一家、小姚一家，还有一些其他人，前往京西七十华里处的潭柘寺旅游。我们一行将近二十人的样子，人人都换上了夏装。杨小姐身上穿的是淡蓝色的衣裳，显得特别干净利索。浑圆的手臂裸露着，上面有一个儿时接种水痘疫苗时留下的小巧疤痕，看上去很可爱的样子。参加这次旅游的日本人，只有我与公司经理 H 二人。我们出了阜成门，一路往西行进。六月底的北京，大街两旁早已是绿柳成荫，风光如画。路边的水塘中，家鸭轻浮在水面上，嬉戏觅食，一派田园风光。我们包租的大巴车，如同行驶在夏日都市明媚的风景画中，轻快地奔向京郊门头沟。

坐在巴士上，隔着车窗远眺京郊风光，土墙、农家、农田、荒野……再举首仰望，晴天丽日，碧空如洗。几片细碎的浮云，恰似浮动在夏日阳光下的光环，明媚而又妖娆。我们乘坐的巴士经过一个小时的行程，到达了第一个目的地——门头沟。再往前走就是山路，羊肠小道不能通汽车。女人们改坐轿子，我则换上了毛驴。毛驴是由十三四岁的少年在前面牵着的，所以，即便山路颠簸，也不会发生安全方面的问题。我们都是第一次来这里旅游。据说，从门头沟到岫云寺全是山路，必须翻过三个山头。我们在山路上颠簸着，时不时地会有当地人与我们擦肩而过，他们也是骑着毛驴在赶路。路上还遇见一个村姑，侧着身子骑在毛驴的背上，大红的裤子，两条腿垂向一旁。她因为侧身坐在驴背上，不太便于保持身体平衡，就只好双手紧紧地抓住毛驴背上的鞍子。她梳着刘海，两条黝黑发亮的大辫子一直垂到屁股上。虽说脸上的白粉抹得很厚，看上去倒也没有令人难受的感觉。在她前面牵着毛驴的，是一个蓬头垢面的男孩。男孩的右手不停地晃荡着拴驴的绳子，嘴里轻声地哼着小曲。就在我的注视下，姑娘、驴子和那个少年一下子全都走进了滚滚的麦浪之中。

门头沟一带是石灰的产地，迎面走来的人，基本上都是面色黝黑，只露出两只骨碌碌转动的眼珠。他们当中有些人大概与男孩认识，离得近的时候会打招呼道："去哪儿？"对于这样例行的打招呼，男孩有时作答，有时只当没听见，就那么默默地擦肩而过。我再看时，杨小姐坐的轿子已经走远，想跟她说话她也未必听得见。每当走到略微平坦一点的地段时，毛驴都会加快速度，我坐在它的背上，感觉被颠得快要掉下来了。

　　走着走着，我们的前面就出现了一处门闾①。再往前走，就是村子里的石子路了。路边开着烟店、酒馆之类的店铺。茂盛的榆树枝叶挡住了强烈的阳光，村道隐蔽在一片青翠之中。我们顺着这条路往前走，很快就进入了河床。再往前去，已经无路可走了。于是，我们就沿着河床走，河水基本都干涸了，只有一股细小的清水在缓缓流淌。放眼望去，前面有个小岛，岛上住着一家农户，简陋的房屋掩映在柳树绿荫中。房舍旁边，两三只羊正在吃草。走近一看，原来那并不是岛，而是因河流在这里分叉，沙土淤积成的一块高地。我们从河道的左边上了岸，沿着岸边的小道继续前行。河流渐渐在我们的脚下消失了，往上的路也越来越陡峭，变成了名副其实的山路。此时，太阳已经升得很高，我们也都累得大汗淋漓，山间森林里的蚊虫也开始袭扰我们。一路奋力攀爬，到了山顶朝下俯瞰，只见刚才走过的河床变成了细小的山涧，若隐若现地蜿蜒在我们的脚下。大伙儿便休息，同时等人。等人聚齐了之后，又开始攀登第三座山头。不过，攀爬这条山路没有刚才那么辛苦，一则山路覆盖在林荫之下，再不像刚才那样完全暴露在阳光下；二则上坡的路很长很长，斜坡也显得平缓许多，爬坡并不那么费劲。大伙儿就这么不知不觉地往上爬，又不知不觉地往下走。在不知不觉当中，山路

---

① 门闾：指村庄的大门。

终于完全变成了下坡的路。

我们一路走过去，常常看到一股股细小的溪流从山道上横穿而过，又不知从哪处山崖落下。当我们走完漫长的下坡道，又开始上坡时，前面一座圆顶的山峰赫然在目。山路的一边砌着深红色的围墙，一直向前延伸着。在这堵长长的围墙尽头，我看到了同样是深红色的山门。毛驴也露出欣喜的样子，"得得，得得"地加快了步子。路面上不再是细碎的石头子，而是整块整块的石板路了。

黑底金字的"岫云寺"牌匾高悬在山门之上。从岫云寺的整体结构上看，山门所处的位置最低。从山门往上走，山坡之上，建着数十座堂塔伽蓝①，全都掩映在森林之中。

我们晚上住宿的院子坐西朝东，面对深深的峡谷。前院栽种着一棵高大的菩提树，繁茂的枝叶展开着巨大的树冠，清凉的晚风透过树梢徐徐吹来。潺潺溪流沿着蜿蜒曲折的山涧流过寺院，一直奔向山下的村庄。我们捧着山泉水尝了尝，冰凉的清泉令人舌头发麻。

在来岫云寺旅行之前，我就查阅了相关资料，对岫云寺的历史有了大致的了解。自古以来，有许多诗人前来这里游历，因此，诗文作品俯拾皆是。据说，还有两三个皇帝临幸过这里。不过，最令我感兴趣的，还要数和硕恭亲王②在《萃锦吟》一书中收录的歌咏岫云寺的几篇诗作。据资料记载，恭亲王曾先后八次参访岫云寺，他所写有关岫云寺的诗作，全都收录在他的诗集《萃锦吟》里。

---

① 堂塔伽蓝：堂、塔、伽蓝，是寺院中建筑物的总称。
② 和硕恭亲王：即爱新觉罗·奕䜣，咸丰、同治、光绪三朝重臣，首倡洋务运动，中国近代工业与教育的先驱。

《萃锦吟》是集唐人诗句写成的，是一部收录了千余首诗作的皇皇大作。采用集句的形式写诗，作者也许带着游戏心态，当然也是充满乐趣的一种创作。然而，这简直是戴着手铐脚镣跳舞的游戏，实在是太受束缚了，但恭亲王却孜孜不倦，始终坚持着这样的创作。与其说我是感叹他的才华，倒不如说是叹服他的这种精神。

我要是听从小姚的意见，与杨小姐结婚的话，岂不就类同于恭亲王采用集句的方式作诗？看上去那也是诗作，但说到底不还是仿人之作？

小姚好像对集句作诗抱着极大的兴趣。至少，在他的想法中，是想把我也弄成《萃锦吟》中的一篇作品吧——这是我在前往岫云寺参拜的前几天，就仔细考虑过的问题。

我们上山途中看到的圆顶的山峰，原来就是岫云寺的后山。听寺僧说，在这座山顶上有一个"龙潭"。

傍晚时分，我邀杨小姐沿着崎岖的山路向山顶攀登，要去探那龙潭的胜境。一路上，看到好几处溪流，从石崖上飞奔而下，景色十分壮美。可龙潭在山顶上，我们只得咬牙坚持，奋力向上攀爬。到了山顶一看，那个菱形的龙潭，大概只有十多平方米大小，四周垒着石块，清冽的泉水从那个形同龙嘴的位置向下喷涌。就那么一点点水，我总觉得与"龙潭"这个称呼有些名实不符。龙潭的一侧建有一座亭台，亭台的后面是层层叠叠的山岩。山上的水穿过岩石的缝隙，流进石龙的嘴里。

杨小姐默默地蹲在龙潭边上，将手指浸泡在水中，我也默默地走近她的身旁。高耸的黑色岩石之上，晚霞满天，夕阳正燃烧着它那火红的余晖。脚边，难得一见的瞿麦花①开成一片。

岫云寺短途旅行回来后没几天，中日之间就全面爆发了战争。自那之后，我每次去杨家，都会说起岫云寺的种种好处。不过，杨先生也好，杨小姐也好，我也好，大家都没有提起小姚一再说起的那个话题。

那年冬天，我还去了热河。置身于一片荒凉的山野，又不由得令我怀念起岫云寺夏天的绿树红花、碧水清泉。

---

① 瞿麦花：瞿麦科多年生草本植物，高约20厘米左右，花色红、白或杂色。花瓣分作五瓣，花的边缘长成细细的流苏。

白云茫茫

1936 年 10 月 19 日，鲁迅在上海逝世。那年我正在北京读书。到了过年，所谓"元旦"，那是阳历的新年，在中国，除了学校、政府机关放假之外，看不到任何节日的气氛。我想去日本侨民会拜年，又不知是去好还是不去的好。就这么犹豫不决地捱到中午，我突然想起来该去王书卿家看看。说起来，我与王书卿先生相识时间并不长。那是在鲁迅逝世后的第二天，也不知为什么，我们两三个人做伴去了先农坛[①]，王书卿就是其中的一个。自那次相识之后，我们也就交往了两三个月吧。

王先生是市政府的一个小官员，长相很年轻，看上去大约三十

————

[①] 先农坛：明清两代皇帝祭祀先农诸神、太岁诸神和举行亲耕的地方，位于北京市西城区南中轴线西侧，与天坛东西相对，遥相呼应。先农，远古称帝社、王社，至汉时始称先农。魏时，先农为国六神之一。祭祀先农是封建社会的一种礼制，每年开春，皇帝亲领文武百官行籍田礼于先农坛。

出头的样子。他的古文素养很好，既精通古诗，又喜欢作词，所以，我们一有时间就喜欢聚一聚。

王书卿家住在西单再往西的城墙边上的一条胡同里，是一处非常寂静的住所。在他家的斜对面，是誉满京城的京剧名角新艳秋的寓所。他家房子虽然不大，但院子收拾得很干净，就连大门上的门环都擦得锃亮。

朝南的那间房，门口垂着厚重的门帘子。我掀开门帘进屋的时候，王先生正端坐在写字台前，聚精会神地写着什么。见到我来了，立刻笑嘻嘻地站起来迎接我。

新年元旦，他还是像往常一样穿着厚厚的棉衣，静静地待在家里。屋子一侧的炉子上支着一只大药罐，正在冒着热气。药罐不断地发出"咕嘟咕嘟"的声响，反倒衬托得屋子里更加安静了。

"老婆带着孩子回娘家了。从早上起，我就一个人在家。"

他笑着说道，给我斟了一杯热茶，又拿起柜子里的酒坛子说：

"我平时不怎么喝酒。不过，今天是新年，昨天我特地去'柳泉居'买的。"

"柳泉居"在太平仓附近，是北京一家很知名的老牌子酒庄。

"我总有一种预感，觉得中日两国之间今年可能会发生什么不幸的事情。每当想到这些，我的心里就很难过。"

他这么说着，往两只杯子里倒满了酒。

"您说的是……"

"我是说，可能会发生至今我们都从未见过的重大事件。对于中日两国之间发生的那些令中国人忍无可忍的事情，你怎么看？"

听他这么一说，我也不由得想起了"九一八事变"以来的种种不幸事件。可不是嘛！可到底会发生什么样的"从未见过的重大事件"呢？我却不怎么明白。说是"不怎么明白"，实际上是我不愿意看到那样的事情发生。

"想必您也是知道的，那些每天由通州出发、横穿北京城的数十上百辆日本货车，上面装的可都是所谓的'低税商品[①]'啊。中国人能一直那么默不作声地看着吗？这只是其中的一个例子啊。"

说着说着，我看到他的双眼闪出了泪光。

那天，我们俩就这些话题聊了两三个小时吧。很不幸，他的预感竟然都演变成了事实。七月，突然爆发了"卢沟桥事变"。他虽然还在政府里工作，但似乎更加沉默寡语了。

去年秋天，我再次访问北京，得知他已经不在北京住了。我更加怀念起那个山雨欲来风满楼的元旦。眨眼间，这件事情已经过去二十年了。

[①] 低税商品：指当时侵华日军向我国华北地区倾销的走私商品，是日军侵华的一项罪证。

季节的八音琴

　　五月的北京，处处开满了丁香花。一簇簇细碎的花朵，在柔软小巧的圆叶中若隐若现。紫丁香、白丁香，她们那清新的芬芳，弥漫在初夏古都的空气中，有一种沁人心脾的美感。丁香花不仅开在公园里、广场边，即便是胡同深处的院子里，也都能看到她们热情洋溢的笑脸。三四月份的古都北京，在滚滚风沙中刚刚送走来去匆匆的春花，便迎来了风和日丽的短暂的五月。这时，丁香花的清香铺天盖地地弥漫开来，微风暖阳，令人诗心荡漾。

　　院子里阳光明媚，丁香花浓密的花影投射在地上。凝望着眼前这醉人的景物，我的心里忽然涌上了一阵空落落的感觉，就是那种说不清楚的、心里有所牵挂的感觉。丁香树虽然也属于灌木，但长得不算高。"心"形的嫩叶青翠欲滴，在明媚的阳光里愈加显得清秀可爱。 一簇簇细碎的花穗，恰如一只只精雕细琢的贝壳，密密麻麻地装饰在枝叶之间，给人一种美不胜收的感觉。

庭院里的丁香花给人耳目一新的美感，而初夏的夜晚，大街上那些明亮如昼的灯光照射在商店各色各样的商品上，也同样使人们感觉到焕然一新。比如，当你驻足在热闹的剧场门口，侧耳谛听里边传来的京胡与铜锣的乐曲时，冷不丁就会从来往的人流中传来一阵幽幽的丁香花的香味。而当这阵花香消失的时候，你的心里就会有一种失落的感觉。有时，你要是特意想嗅她的花香，却怎么也嗅不着，可当你并不在意的时候，花香又会随风而至……可以说，这也是古城北京留给我的一段珍贵记忆。

从天安门到正阳门的那条石子路的两侧，是北京绝无仅有的丁香树林。在丁香花盛开的季节，当你从这条路上走过时，身体和心灵仿佛都被浸润在丁香花的清新香味中。年轻人的梦想，就如同飘浮在天空中的一缕绚烂的云霞，轻盈而又美好。他们成双作对，相偕而行，将典雅的身影投射在那条古朴的石子路上。那条道很长很长，丁香花也沿着这条道延伸得很远很远。朗朗的晴空，将恋人们年轻的面孔映衬得神采奕奕；而甜蜜的情话，则表明他们内心纯洁无瑕。我看着这一幕幕场景，内心十分愉悦。我认为，能够选择这样的地方幽会的情侣，都是懂得生活与浪漫的人。

乾隆时期的诗人黄仲则[①]，是个放浪不羁的诗人，他曾经养病的法源寺就位于北京的西南郊。走进法源寺去看一看，院子里到处都种满了茂盛的丁香树。丁香花生机勃勃，虽然是乾隆时期留下的"老古董"，却到处都洋溢着现代的气息。对于病中的黄仲则来说，丁香花清新的香味也许是一种难得的刺激，将他推进了强烈的感情

---

① 黄仲则（1749—1783）：名景仁，字仲则，江苏常州府武进县人，清代诗人。

漩涡。我们读他寓居在法源寺时的诗作，怎么也看不到明媚的花儿的色彩，取而代之的是悲愁，是映照在他那嗜酒如命而弱不禁风的躯体上的冰雪寒霜。

五月正是丁香花盛开的季节，在我的心灵深处奏响的，是鼓楼大街路东那家古董店里的一架旧八音琴的旋律。在那架八音琴后面的墙上，有一扇六角形的小窗户。透过窗户的玻璃，能够隐约看到窗外开放的丁香花。这个画面始终清晰地印在我的脑海里。我每次去这家古董店，那位慈眉善目的老店主都会给我介绍："这架八音琴出自一家王府，是法国的产品。"可是，这位老店主却在丁香花开的季节里突然亡故了。就这样，我总是忘不了那家古董店，还有他们家窗户后面的丁香花。

那是一条谁也没有走过的路。当然，也许有人走过，但我去的时候从来没有遇到过其他人，所以，就自说自话地认为那是一条没人走的路。这条路位于净业湖①的最北端，紧挨着古城墙的东面。

我一年四季都喜欢在这条寂静的小径上散步。道路的一侧是城墙，另一侧是零零星星的老房子，时不时还会见到一两块荒芜的空地。透过空地，能够看见对面净业湖晶亮的湖水。那些老房子的大门一般都是关着的，我似乎从来没有看到哪扇大门打开过。

那是一条十分寂静的小径，仿佛就是为我一个人散步而存在的。

我漫步在这条小路上，虽然很寂静很偏僻，但偶尔也会从路旁的老房子里传来鸡鸣声，有时也会从空地对面的净业湖边传来轻微

---

① 净业湖：北京有座汉传佛教寺院净业寺，而如今的什刹海西海、积水潭与该寺相近，故明清时多称那一带为"净业湖"。

的脚步声，天空中，也能听到飞翔的鸽子发出的鸽哨声。

在小径的另一侧，耸立着巍峨高大的城墙，墙壁上生长着一些灌木丛。由于灌木发达的根系深深地扎进城墙的砖缝里，有些地方的城墙砖鼓了起来，似乎随时都有掉下来的可能。而城墙砖脱落形成的洞洞，便成了小鸟们的窝，能够听到鸟儿振动羽毛的声响，城墙上也有小鸟飞出飞进。虽然能够听到形形色色的声响，但就是不见人的踪影。天空中，夏季可见白云飞渡，秋天可见秋云轻浮，时光如同无情的流水，就这样悄然地在我的生命中消逝。

我为什么总是喜欢在这条小道上溜达呢？那是因为我丢了一只装着钢笔的文具袋。自己用顺手了的钢笔丢失了，心里实在有些舍不下，况且，文具袋里还放着我的两张名片。我总是侥幸地想：要是能够找着该多好啊。这个想法虽然很不靠谱，可我总还是抱着一线希望，死活不肯放弃。一开始，我也不能断定钢笔就是在这条小路上弄丢的，后来经过慢慢地回忆，想起自己曾经在什刹海北岸、广化寺附近使用过那支钢笔，因此，就认定钢笔是丢在那一带了。可是，无论我怎么找，也不见钢笔的踪影，就这样一连过去了好多天。

一天下午，附近派出所的巡警小马来找我。我们并不熟悉，只是在他偶尔来我家这一带查户口时见过。他说有人在净业湖北边的那条小道上捡到了一个文具袋。说着，就把我丢了的那个文具袋递到了我的手里。还告诉我说，那个捡到文具袋的人，是住在附近的一位姓赵的老人。这着实令我喜出望外。我想，肯定是因为文具袋里装着名片，所以巡警才能够找到我的吧。当然，主要还是赵姓老人的诚实，才使得钢笔能够完璧归赵。我决定一定要找个机会去拜访老人，表达我的谢意。

在一个阳光惨淡、冷风飕飕的冬日，我竖起外套的领子，走上这条小道。路上一如平时，连个人影儿也见不着。湖面上吹来的寒风被干燥而寒冷的城墙挡住，旋转着，吹在脸上就像刀子割肉般的感觉，我的鼻尖被它刮得生疼。

赵宅很好找。他家屋子边上有一片荒芜的空地，与净业湖相连。

大门紧闭。我站在门前，"叮叮当当"地敲打门环。不一会儿，墙内传来了脚步声。大门开了，出来的是一位四十岁左右的女佣。她的一只眼睛看上去浑浊不清，好像是长了白内障。我跟她讲了前几天的事情，表达了自己前来致谢的意思。她听完我的话后，连忙跑回屋里。不一会儿，又来到门口，把我领了进去。赵家的客厅与起居室合二为一，我掀开厚厚的门帘走进屋里，赵先生夫妇向我迎了过来。他们夫妻二人看上去六十多岁的样子，赵先生身材魁梧，是个胖子，而夫人正好与之相反，是个小巧玲珑的女人。

我当面向赵先生表达了谢意，赵先生询问了我的职业。他还告诉我，自己曾经是清朝末年的举人。我看了一下室内的装饰，靠墙摆放着高大的书架，书桌上堆着厚厚的字帖。这一切都表明，这是一个读书人的家。

刚才那位患有白内障的女佣进屋来，给我们沏上了热茶。赵夫人告诉我，他们两个儿子都住在天津，平时，老夫妻二人与女佣一起生活。

说起古砚、诗笺、笔架笔洗等话题，赵先生就像打开了话匣子，久久刹不住。于是，我陪着谈兴正浓的老人，聊了许久。赵先生还展示了自己的收藏，向我一一介绍了他轻易不肯出示的乾隆嘉庆年间的漂亮诗笺，那些诗笺上印着石榴、凤仙花、螃蟹等有趣的图案。

正当我入神地欣赏赵先生的宝贝的时候，突然，屋里的一角响起了古典的卡德里尔舞曲①的旋律。我抬头望去，在书架的旁边，放着一架琴盖上雕刻着葡萄图案的大型八音琴。

真没想到，像赵先生这样的家庭也会有八音琴这样的乐器。一时间，我真有些不知说什么好了。

八音琴自动演奏的乐曲，不一会儿就停止了。天色已晚，等到八音琴的演奏声停止后，我便作别赵家夫妇，踏上了回家的路。

城墙根下的小道上，还是静悄悄的，连个人影都没有，脚下的路也有些模糊不清。寒风扬起细碎的雪粒，暮色虽然模糊了我的视线，却在天空中将城墙的轮廓勾勒得愈发清晰。

---

① 卡德里尔舞曲：俄罗斯的古典舞曲。

北京岁暮

虽然现在是中华人民共和国了，可我听说中国的民间传统、民间风俗等还是延续往日，并没有发生什么大的变化。我对中国那种富有情趣的生活依旧十分向往。

岁暮，就意味着要"过年"了。中国人是以农历年来计算的，这与日本采用阳历年的计算方法不一样。当然，中国人也是过阳历新年的，不过那只是形式上的"过年"，有些公事公办的意思。中国人真正的"年"是农历的春节，那才是他们热闹非凡的"大年"。

进入农历十二月，到处都是一片繁忙景象。天气也到了一年中最冷的时候，北海、中南海全都结了冰，许多年轻人都聚集过来滑冰，冰面上热闹而嘈杂。我看到有人在什刹海的冰面上锯冰。锯冰的机器发出尖锐的声响，久久地回荡在辽阔的湖面上，像是要锯开冬天这冰冷的空气一般。

中国的农历十二月称为"腊月"，而这个月的第八天叫"腊八"。

这一天，北京的家家户户都要煮"腊八粥"，这是自古流传下来的民间习俗。闻着满街腊八粥的香气，立刻就会感觉到"年"的氛围浓厚了起来。人们将黑豆、红豆、绿豆以及干枣、胡桃仁、葡萄干、莲子等各种食材都放在大锅里熬煮，味道香糯而口感丰富。吃腊八粥的时候，一般加入白糖。腊八粥味道甜香，口感稠糯，大人孩子都爱喝。

腊八粥有点类似日本的萩饼①，邻里之间会作为礼品相互赠送。虽说都是腊八粥，可各家的味道也各不相同。也许，这就是吃腊八粥的乐趣所在吧。一般家庭会煮许多腊八粥，作为腊月里的吃食。所以，在这段时间里，要是去朋友家，人家都会请喝腊八粥。每一家腊八粥的特色都不一样，有的人家简单一些，有的人家丰富一些，但都给我留下了深刻的印象。

说起腊八粥，我总是会想起家住在什刹海北岸的 F 教授。F 教授的夫人去世得早，他与正在读大学的女儿和正在上中学的儿子住在一起。他原本是汉军旗②出身，祖上在什刹海一带留下了很多房产，可他把那些房子都出租了，自己一家住在最里边的一个院子里。

手头拮据的 F 教授从事的是金石学这门冷僻学问，购买这方面研究资料时，需要花费大量金钱。他即使把祖上留下的房产都出租

---

① 萩饼：日本的一种食物，用大米和糯米混合蒸煮成米饭，在保留米粒形状的基础上，稍微捣一下，再包上豆沙馅。由于还能看到米粒，所以也叫"还魂饼"。
② 汉军旗：也叫八旗汉军，指入了满洲八旗的汉人。清朝汉军旗人作为一类特殊群体，起着十分重要的作用，备受清朝统治者的重视。他们不仅出任朝廷要职，也在地方任督抚、巡抚等要职，对巩固清朝统治起了关键作用，成为清朝"治天下"的重要举措。

了，手头还总是紧巴巴的。就连他的女儿 F 小姐，都已经是大学生了，还整天穿着蓝布的学生装；在家里，也不得不麻溜地充当家庭主妇的角色。

F 教授是个很乐观的人，与他相处，似乎世上根本就没有"贫穷"与"愁苦"这样的字眼。他五十岁左右的样子，谈话很有趣，喝酒也很痛快。他是地地道道的旗人出身，就是在这座大宅子里长大的。如今这里虽然已经荒芜了，但遥想当年，他家的花园里也一定是花木扶疏、鱼翔浅底吧。

我与 F 教授谈话的时候，总是沉浸在欢乐的氛围里，有一种特别愉快的感觉。但奇怪的是，一旦从他家出来，这种感觉便立刻消失殆尽，一种苍凉的感觉瞬间涌上心头。

F 小姐是位肤色浅黑、长相周正的姑娘，言谈举止处处显现出北京人的典雅与庄重。他的弟弟还是中学生，也是各方面都很优秀的少年。我觉得，虽然他们一家人看上去都打扮得很朴素，但骨子里还不失旧贵族的高贵气质。

那年年末的一天，我去拜访 F 教授。不巧，正赶上他出门去了。F 小姐让我等一等，说她父亲一会儿就回来。所以，我就进屋坐了下来。很快，F 小姐给我沏了茶，并且在我对面的椅子上坐了下来。我把目光移向窗外，看到了窗外那棵据说已经有二百多年历史的紫藤，虬龙一般盘踞在院子里。紫藤开花的时候，我也曾经来过。站在紫藤树下，身心立刻就被那一串串浅紫色的漂亮花穗所感染。但现在是冬天，这棵紫藤树也是老态龙钟，显出一副丑陋的模样。

"哦，腊八粥做好啦！您要尝尝吗？"

F 小姐微笑着对我说道，一边站起身来。我立刻回应道：

"啊——那太好啦，谢谢！"

说完，我深深地鞠了一躬。我原本就是个吃货，岂有见着腊八粥这样的美食而拒绝的道理？并且，F小姐煮腊八粥都用了些什么料？旧式人家的腊八粥又是什么味道？对于这一切，我都十分感兴趣。

不一会儿，F小姐端着一碗腊八粥出来了。我一看，那是一只很漂亮的碗，薄瓷胎，黄釉花，十分精致。我盯着那只饭碗看了个仔细。真没有想到，如今的F教授家竟然还有这么豪奢的物件。

看我这么入神地看着她手里的饭碗，F小姐神情落寞地说道：

"这套饭碗是母亲出嫁时的陪嫁，全被打坏了，现在就剩下这一只了。"

F教授的夫人生于名门望族，据说是乾隆帝皇子的后裔，即使在旗人当中，这种出身规格也是相当高的。

"母亲在世时，我们家的腊八粥做得可好啦。现在，我做的腊八粥也只是应付而已……味道不怎么样吧？"

F小姐静静地看着我，关切地问道。腊八粥中有花生、莲子，还有黑豆、绿豆等，味道也很不错。岂止是味道不错，腊八粥里还饱含着旧时贵族人家那种高贵的味道呢。要说腊八粥，在我的印象中，唯有那天在F教授家，从F小姐手里接过的用湖月轩的饭碗盛的那碗腊八粥，才是最令人难忘的。

过年的时候，还有一样东西对我很有吸引力，那就是在北京与天津之间的一个叫杨柳青①的小镇出品的木版画。

---

① 杨柳青（镇）：位于天津市西青区，依傍京杭大运河，是中国北方历史名镇，以盛产杨柳青年画而誉满全国。

让人难以理解的是，这个镇上，全镇人都在玩命地制作过年用的版画。杨柳青的木版年画，属于木版印绘制品，是著名的中国民间木版年画之一。这些画都是村里的妇女、姑娘们在家里手工制作的，然后批发给经销商。通过他们销往天津、北京一带的城市和乡村。说起杨柳青年画的题材，大多是娃娃。这些娃娃体态丰腴、活泼可爱，他们或是捡拾从"发财树"上飘落的金银，或是打扮成财神的样子，推着堆满宝物的车辆……总之，都象征着吉祥美好，非常惹人喜爱。当中也有一些是戏剧画，再就是象征着祥瑞的鸟、果实之类的作品。

经销商们将杨柳青年画一折为二，再用叠纸包起来，用棍棒挑在肩上，在北京的大街小巷里叫卖：

"年画，年画，请年画喽——"

年末的胡同里，四处都是小商贩叫卖年画的吆喝声。听着这样的吆喝声，仿佛又给人们的心里增添了一份"年"味。

北京人家一般都是将这些年画贴在灶头或是其他房间的墙上，主要是讨个迎春喜兴的彩头。我还记得，挂着"某某南纸店"招牌的纸店门前也卖起了年画和门神画。所谓"门神"，当然是张贴在大门上用来辟邪的。所以，年前家家户户都要贴门神老爷的画像。

临近岁末，大街上还有一道不可不说的风景，那就是摆地摊的"路边书法家"了。他们在大街上摆地摊，现写现卖春联。在门上、房间的入口处贴上写着吉祥话的红纸条，也是中国人过年不可或缺的风俗习惯。市民们都跑到街边"路边书法家"的地摊上，花钱让地摊书法家写一些自己喜欢的词句，拿回家张贴。而在那些"路边书法家"当中，有一部分平时就是在路边摆摊替人写信、写状子的，到了岁末，春联畅销，他们才临时改为写春联的。当然，只有字写得漂亮的"路边书法家"写的春联才卖得出去，才能在路边赚到钱。

在正月里的诸多供品中，我觉得蜜供①最有意思。在京城的糕点店铺与东安市场这样的地方，只要一到年末，就会有大量的蜜供上市。这在日本大概就相当于那种类似米花糖的糕点吧。不过，北京的蜜供是经过油炸的，从它散发出油的味道这一点上来看，又与日本的米花糖不太一样。店家把这种糕点一层层地堆在柜台上，堆成塔一样的形状。祭神的时候，当然也少不了馒头、水果之类的东西，但这个蜜供是最壮观的贡品。蜜供也是分大小的，大的高度甚至可达一米左右；还各自都配备了装饰，有"八仙""财神"，还有石榴之类的物件。不过，这些饰物不是真的，都是用彩纸剪成的图形，是有吉祥寓意的物件。店主把这些上供的物品挂在铺子里的铁丝上，看上去满屋子都是喜气洋洋的。

农历十二月二十三日送灶王爷，是每家每户年年都不能缺少的一项祭祀活动。我想，世上可能再也没有比这种祭祀活动更具有幽默趣味了。在日本也有类似的习俗——敬"荒神"②，也就是厨房里的灶神。灶神爷农历十二月二十三日升天，去向天帝汇报自己所管辖的这家人家一年来的功过是非。由于他有权力左右这家人来年的运道，所以，收买这位神爷是一件头等大事。这位灶神爷有与生俱来的弱点，就是特别喜欢糖，只要看见糖就会笑得眯缝了眼，什么

① 蜜供：春节的领衔供品，也是北京传统应节糕点。色泽浅黄，上浆通亮，具有入口香甜酥脆、不粘牙的特色。
② "荒神"：日本居民家里供奉的室内神——灶神。

都看不见了。于是，人们就争相用糖给他上供。二十三日小年夜这一天，街上热闹非凡，到处都挤满了买糖的人。这种糖一定得烤得很脆很脆，稍微使点劲就能咬得粉碎，所以买了这种糖的人，必须十分小心地将它捧在手心里，小心翼翼地拿回家。

糖被做成各种式样，有的像鸭子，有的像球，有的则像香瓜。这样一来，也就特别能够赢得孩子们的喜爱。他们央求父母给自己买这些各种形状的糖，每每得手，就会马上塞进嘴里，大饱口福。这种糖只要一放进嘴里，很快就融化了。虽然不经吃，可也是北京人祖辈流传下来的过年物品。可以说，那是童年难以忘怀的记忆吧。

十二月二十三日的夜里，人们在灶王爷的画像前面供上糖和米，还有神马的画像，以及纸元宝、用金银纸折成的马蹄银等。祭祀结束后，就把这些东西拿到院子里，与芝麻秸秆一起焚烧。这样，灶王爷就能够平安无事地升天了。

用糖收买灶王爷是否奏效，要看第二年家里的运势是好还是不好。人们趁着夜幕，在院子里焚化灶王爷的画像，通红的火焰映红了夜空，一缕缕青烟袅袅升腾。这是每年岁末之时，北京城里不可多得的情趣。

大年三十夜里，鞭炮连天响，彻夜不息。太阳刚落山的时候，就开始听到"乒乒乓乓"的鞭炮声响了；夜深了，鞭炮声响愈加激烈；到半夜时分，鞭炮声更是震天响，仿佛是人与魔鬼"年"搏斗的最高潮。这种民间传承下来的魔鬼与人之间的搏斗的民俗，与现实生活中人与人的争斗不同，它是永久的、公开的、快乐的。当然，最终的结果肯定是魔鬼输了，人们在新年的曙光里，迎接光荣与胜利的春天！

故都芳草之梦

我有这样一种体验，一个人说外国语——例如，德国人说的英语，英国人说的法语——要远比他说母语好懂。那是因为他在说外国语的时候，所用的词汇有限，句子的构造也比较简单吧。

中国的方言很多，南方与北方的方言，就如同外国语一样，可以说是天壤之别。例如，南方人说北京话，虽然带着很重的南方口音，但比起北京人说北京话来，倒是要好懂许多。

现在说起来已经是旧话了。还是我刚到北京留学的那阵子，听着当地人满嘴的京腔，特别流利、好听。可好听归好听，我却不习惯，一大半听不懂。但有意思的是，我听外地人讲北京话，却字字句句都听得很清楚。当时我就想，原来北京话还有另外的一种说法啊？也就跟着学了起来。

有些北京话我全能听懂，而有些北京话我却不怎么听得懂，大概也是报应吧。尤其是那些年轻漂亮的女子，北京话说得温柔流畅，别提多性感了。可我怎么听也听不明白，真让人着急。

一般来说，我在大街小巷转悠完了之后，还要去前门外的八大胡同，也就是人们称之为"花街"的地方。一旦涉足这样的场所，最后肯定就是这里的常客了。不用说，我就是其中一员。

当然，我总是往妓院跑，也不是没有原因的。那就是妓院里的女人们说的话我全能听得懂。

当时，北京的妓院分为"清吟小班""茶室"与"下处"三个等级。"清吟小班"的妓女大多是来自南方的美女，而南方美女说北京话，正如我在本文开头所提到的，就像一个人说外国语一样，容易听，也好懂。

"清吟小班"当中，也有全都是北京女子的妓院，那里的女子说的都是一口地道的北京话。面对她们，我很容易失去自信。所以，我更愿意去南方美人会聚的"清吟小班"。她们都说自己是苏州人。我想，这大概是随口说说，糊弄人的吧。我知道，她们有的是上海人，有的是广东人。但她们不告诉你实情，一律都说自己是苏州人。那是因为自古以来，苏州就是出美女的地方。她们的意思是说，自己是最正宗的苏州美人。

去"清吟小班"，如果只是喝茶、吸烟、闲谈的话，叫"打茶围"。当时，在"清吟小班"打个茶围只需花销两日元。陪客的女子，只要没有新客人来，是不限时间的。一个小时也行，一个半小时也行，她可以一直陪着。夜里她们很忙，白天可以随意玩。自从掌握了这个规律之后，我也就成了"八大胡同通"。

两日元，在我看来真是九牛一毛的小数字，可在她们的眼里，不是一笔小钱。所以，我就不停地往那里跑。这样，既练习了中国话，又愉悦了女人们的心情，何乐而不为呢？我几乎天天都往八大胡同跑，一连跑了大约有半年吧。

"莳花馆"的鸿妹姑娘，是个年方十七的美少女。圆脸庞，大眼睛，总是轻巧巧地坐在我的膝盖上，笑嘻嘻地跟我说话，劝我吸烟。

"潇湘馆"的星月姑娘，虽然只有十八岁——比鸿妹大了一岁，但看上去就像中年人一样成熟。她不像鸿妹那样喜欢穿漂亮的衣服，总是穿一身合体的黑衣裳。她不坐在我的膝盖上，喜欢坐在沙发上斜倚着我，断断续续地跟我聊天。

鸿妹与星月有许多不同之处。如果说鸿妹给我的感觉是华美的话，那星月的脸上好像总是流露着忧愁的心思。

到了夏天，她们二人的房间里都弥漫着夜来香的香味。当然，这并非她们二人独有的味道，无论去哪家妓院，夜来香的香味都会一直飘到院子里。尤其是到了夜里，这种花的香味就更加浓烈。也许就是因此，人们才给她起名"夜来香"的吧。花是白色的，花形有些像洋水仙①，不过，花香却要比洋水仙强烈许多。

星月是个特别喜爱鲜花的女子，除了夜来香之外，她的房间里还总是弥漫着茉莉花、素馨花的香味。

"您很喜欢去'莳花馆'吧？"

有一天，她突然问了我这么个问题。可是，我去鸿妹那里的事情对谁都没有说过啊，她怎么会知道的呢？由于她问得过于突然，我一时竟不知如何应答。

"没事啊，您去玩儿就是了……不过，那可是个厉害的角色。

---

① 洋水仙：又名黄水仙，原产欧洲。

以前，被客人招去玉华台唱堂会的时候，我们见过。您不是提起过她的名字嘛。"

星月这么说着，独自笑了起来。但是，我还是从她那明快的笑意中感觉到了一丝忧郁的神情。

"玉华台"是位于东城锡拉胡同的一家酒馆的名字。这么说来，她们是在酒席宴上遇见的。鸿妹擅长唱老生，尤其是《空城计》里的诸葛亮唱得极好。而星月擅长唱青衣，《女起解》①里的苏三唱得也不错。

二十多年的苍茫岁月就那么匆匆而逝，八大胡同的妓院早已销声匿迹。满城的风雨已经停歇，故都的芳草沐浴着落日金色的余晖。鸿妹、星月这些昔日的佳丽，如今都老朽在了何方？

---

① 《女起解》：又名《苏三起解》，与后面的《三堂会审》合称《玉堂春》。

北京的红叶

我觉得，北京的秋天，是世界上最美的风景。

从立秋开始，天空的色彩就有了秋天的迹象。九月至十月上旬，秋天的氛围愈加浓重。等到十月中旬，短暂的秋天宣告结束，冬天就来了。北京的秋天，真的十分短暂。

就说那些原本青翠欲滴的槐树、榆树、白杨树的叶子吧，当你发现它们在一夜之间突然变枯黄，意味着寒霜开始降临，树叶也渐渐凋零。所以，即便是在被称为"森林之都"的北京，也无法领略到日本那种树叶逐渐变色，然后再慢慢凋落的情趣。

虽然北京的秋天很短暂，秋景转瞬即逝，可它是赏红叶的名胜之地。枫叶之美，如火如荼，令人难忘。北京的香山更是满山红叶，美不胜收。

位于北京西北郊的香山，距城二十公里，是一座著名的皇家园林。香山是西山的一支余脉，海拔高度只有五百余米，算不上什么高山。但它清静幽寂，远比西山更让我喜欢。西山游人太多，相比之下，香山的游人就要少得多。

香山虽然没有西山那样的堂塔伽蓝之美，但满山的红叶是它独有的美丽风光。平时很少有人的山道上，到了枫叶火红的季节，游人就接踵而至。

从山顶到山脚下，整整一面山坡的红叶，在秋日午后的阳光下闪耀着火红的光焰，恰如杜牧在他的诗中所描绘的那样，"霜叶红于二月花"。杜牧的诗作《山行》所歌咏的，自然是南方秋天的红叶，估计是江浙一带吧。不过，当我第一次来香山欣赏红叶的时候，脑海里马上想到的，还是杜先生《山行》诗的最后一句。

"二月花"，是桃花的别称。读着杜牧的诗句，看着香山的红叶，我第一次真切地感受到，被霜打过的枫叶，的确要比二月的桃花还要鲜艳。

第一次去看香山红叶时，我在人群中见到了一位美丽的姑娘，令我终生难忘。

那位姑娘穿着胭脂色的裤子，上身是藏青色的旗袍，打扮上给人一种古雅的印象。当时，年轻的女子流行穿长靴，很少见到像她一样穿长裤的。我不由得感叹道：真不愧为古都风范，竟有如此赏心悦目的风景。我与她相遇时，这位带着北京古朴风味的女子，脸色被红叶映照得红扑扑的，就如同一团燃烧着的烈火，令人心生倾慕。

在北京，除了香山之外，还有一处观赏红叶的名胜之地。不过，这个地方几乎没有人知道，所以，人们就以为香山是北京唯一观赏红叶的胜地。其实，要是顶真起来的话，佛手公子庙的红叶完全可以与之分庭抗礼。

在北京东郊有个叫"二闸"的地方，是京杭大运河的终点。从前，"二闸"有大量漕运的船只往来，非常热闹。就看它那用石头垒起来的圆形码头，简直就像海滨城市的小港湾。在朝向圆形码头的石壁上，能够看到一只只雕刻成龙头形状的落水口，下雨的时候，那些"龙头"里就会哗哗地喷出水来，将积水排放到运河里。

　　我特别喜欢这处已经荒废了的"二闸"的风景，只要有空，必然会跑来一看。坐在那圆形码头石崖上的茶馆里，凝望着水面波光粼粼的落日余晖，任思绪驰骋万里而乐此不疲。

　　从"二闸"这个地方再往西边走一会儿，就能看到一片郁郁葱葱的树林。那片树林就是佛手公子庙。要是走近去看的话，围墙、大门都很陈旧了，有些地方甚至出现了破败的景象。四周静悄悄的，一派阴森森的萧煞之气。

　　"佛手公子"到底是何许人也？我不得而知。相传，乾隆皇帝有个皇子很不幸，出生的时候，一只手像鸭子的脚似的，长着手蹼。至于那个皇子叫什么名字，并没有人知道，只是称他为"佛手公子"。据说，他的手长得与佛手一模一样。这个"佛手公子"英年早逝，一蓬土丘，被埋葬在那片寂静的树林深处。那一片茂密的树林，如火一般的红枫，仿佛被血染过似的。一座废弃的庙宇，秋天如火如荼的红叶，总让我联想起中国古代的鬼怪传说。

什刹海附近

　　我再次去北京的时候，得知我以前住处旁边"集香居"的那位老人，已经在两三年前去世了。

　　"集香居"就是面临古老的什刹海的一家二层楼房小酒馆。"集香居"这块小巧的牌匾是挂在一楼入口处的，而在二楼的廊檐下，还挂着一块大匾，上书"临河第一楼"五个大字——这是将什刹海当成"河"了。倒也是，要是从二楼的窗户往下看，水波涟涟，与其说这是在池塘边，还不如说是河边更合适呢。

　　那里曾经是一个古老的池塘，可这次去一看，已经彻底疏浚成一个湖泊了，岸边停放着许多小游船供人们在水上游览，完全是一个现代化水上公园的模样了。这样一来，也就自然看不到当年满池塘盛开的荷花了。清冽的水流不断地从西郊涌来，保证了湖泊的水源，变成了一片汪洋。湖边的路面也拓宽了，原本长在汀上的古柳，也都移栽到了岸上，那是因为他们用疏浚池塘的淤泥改造了道路。

"临河第一楼"的"集香居"也不再临河，变成了与湖隔路相望的酒馆。这就让人有些乏味的感觉。

原本紧挨着"集香居"的"烤肉季"，也移到了它的斜对面，建起了一栋三层的楼房。这里曾经是深受北京老饕们喜爱的羊肉馆，原是个破旧不堪类似露天大棚的店铺，院子的后面也是临着水的。

以前在"集香居"做烧饼的老刘，现在来"烤肉季"工作了。时间虽然过去了将近十年，但老刘还记得我，很亲切地给我介绍了这里发生的各种变化。

听老刘说，"集香居"的那位老人已经去世，所以店就关门了。老刘不无担心地告诉我，以后这家店会转让给谁还不清楚，不知道还能不能像过去那样，做一家供人消闲的酒馆。

当年我在北京的时候，几乎每天都来"集香居"喝酒。因为沿着河岸就能看到我家，能够看到有没有客人来。若是有客人来，马上就可以回去接待，特别的方便。

每天都来"集香居"的，还有赵荫棠[①]。赵先生是位作家、音韵学家，是个脾气古怪的人。不过，我与赵先生是知心朋友。他经常来我家，我也经常去他家闲谈，又是我们也会约好去"集香居"。赵先生喝醉了就特别兴奋，有时会慷慨陈词，痛诉国恨。说到伤心之处，还曾经放声痛哭过。现在，赵荫棠已经不在北京住了，他回了自己的家乡河南，再无缘相见。这对于我来说，真是一件万分遗

---

① 赵荫棠（1893—1970）：字憩之，河南巩县人，民国时期杰出的音韵学家，可以说是研究近代音韵的先驱，他所著《等韵源流》和《中原音韵研究》在中国音韵学史上都具有开创之功。

憾的事情。

　　与"集香居"相连的那条名叫"烟袋斜街"的小胡同，倒是没有任何变化。龙王庙、裁缝铺、酱菜店等，都还是当年的老样子。龙王庙里有一口深井，水质非常纯净。庙里做水的买卖，按担论价。如今，这一带都已经铺设了自来水管道，卖水的生意自然也就做不成了。

　　以上这些情况，都是做烧饼的老刘告诉我的。

京剧与梅兰芳

　　说到京剧，人们公认它是现代中国流行剧种的代表。这一点应该是没有异议的。追溯起来，中国戏剧的历史大约只有200年的样子，其实算不上怎么古老。不过，要是说起被京剧取代的昆剧，它是延续了明代以来戏剧传统的剧种，其历史就十分悠久。如今，学习昆剧也是要师从京剧演员的，所以说，并没有专职的昆剧演员。京剧的正式名称原本是"西皮二黄戏"，简称"皮黄戏"。距今200余年以前，也就是乾隆二十五年（1760），安徽的"三庆班""四喜班""春台班""和春班"四个剧团首次进京带来了新剧种。后来，这种戏便以宫廷为中心，开始进入人们的视野。之后，又与北京人的趣味与生活相结合，经过长时间的淬炼与雕琢，最终形成了今天的皮黄戏，即京剧。因而，长期以来，安徽籍出生的演员在北京戏剧界都是技压群芳。很早以前，宫廷里就设立了"升平署"，作为培养演员的机构。而这个机构的师傅们全都是安徽籍的演员。这也可以说是他们在戏剧界影响巨大的根源之一吧。

北京城外有个精忠庙，原是演员同业公会的会馆，庙里有块"重修喜神殿碑"，是道光六年（1826）修建的。发起修建碑的程竹翠就是安徽人，出资的戏班子也以徽班居多。另外，崇文门外的"春台班义园"也是由徽班之一的"春台班"为安徽籍的演艺人员建设的公共墓园。由此可知，长期以来，安徽籍的演艺人员在北京的戏剧界具有多么强大的实力。他们既是北京戏剧界的成功人士，亦是为京剧的发展立下汗马功劳的有功人员。前清以来，北京出现了众多名演员，成了中国戏剧演艺的中心。戏剧艺术深受百姓的青睐，同时也培养了众多戏剧爱好者，普及了戏剧知识。这是其他任何地方都望尘莫及的。例如，有一个词语叫"票友戏"，要是解释成"外行演戏"的话，就谬之千里，完全不能表达这个词语的本意。他们确实不是正规的演员，但与日本那种外行演戏完全是两码事。他们的演出是很像模像样的，观众需要购票才能入场观看。与正规剧团演出的区别，只在于他们不是职业演员而已。其实，职业演员当中，"票友"出身的不在少数。就像这次来日本访问演出的演员当中，有一位与姜妙香[1]搭档的老资格的小生演员金仲仁[2]，就曾经是"票友"。中国戏剧与日本的"能乐"一样，演员必须精修唱、科、白这三种技能，所以，"票友戏"是值得一看的，"票友"在演艺技能方面都是出类拔萃的。

---

[1] 姜妙香（1890—1972）：著名京剧表演艺术家，京剧小生演员。
[2] 金仲仁（1886—1950）：清室皇族，原名爱新觉罗·春元，著名京剧表演艺术家，京剧小生演员。

我有幸观看过京剧名角杨小楼晚年的舞台演出。由于那时他已年老力衰，表演实力不及当年，但他一登台，还是能够看出当年在宁寿宫和万寿山舞台上为西太后演出时的风采。他与谭鑫培[1]、孙菊仙[2]、余三胜[3]等名角的表演，曾经迷倒了全国的戏迷。这些佳话一直传诵到今天。即便抛开这些不说，光是有幸得以观赏杨小楼晚年的演出，就足以令我感激不尽了。他在《虞美人》中与已故的女明星陆素娟联袂出演，饰项羽一角，至今令我难以忘怀。他下葬的那天，我从正阳门一直送他到永定门外的花椒里。这绝不仅仅是因为我喜欢京剧。

　　这次来日本访问演出的梅兰芳，长期与杨小楼同台演出。梅兰芳年轻的时候就蜚声海内外，可以说是京剧名演员中的第一人。阅读他的著作《舞台生活四十年》可以得知，他对京剧的贡献，远不止是个人表演艺术的精湛，在演员地位的提升、将中国京剧推向世界、古剧改造等许多方面，都有着杰出的贡献。当前，在中国的京剧舞台上，梅兰芳、程砚秋、荀慧生、尚小云、小翠花并称"五大名旦"，都是名不虚传的优秀演员。其中，要说最有成就者，则非梅兰芳莫属。就我个人的喜好而言，小翠花艺风妖艳妍媚，很能打动我的心弦，可遗憾的是，他的唱腔听上去有种不舒服的感觉。而梅

---

①　谭鑫培（1847—1917）：名金福，湖北武昌人，著名京剧表演艺术大师，京剧"谭派"艺术创立者，被尊为京剧界鼻祖，工生行。

②　孙菊仙（1841—1931）：清末民初京剧表演艺术家，京剧老生演员，是半途转业、三十岁以后才由"票友"下海的著名艺人。

③　余三胜（1802—1866）：名开龙，字启云，湖北罗田县九资河镇人，著名京剧老生演员。所擅长的剧目以唱做并重者为多，如《定军山》《秦琼卖马》等。

兰芳的唱、白、科都无可非议，达到了完美的程度，确实是一位令人佩服的优秀演员。

历来，在京剧中，女性角色分为花旦与青衣两大类。花旦所扮演的多为天真烂漫、性格开朗的妙龄女子，也有泼辣、放荡的中青年妇女，称为"泼辣旦"。而青衣所扮演的通常都是端庄、严肃、正派的人物，大多数是贤妻良母，或者是贞节烈女之类的人物。花旦与青衣在装扮和表演上都有着各自的特点。可是梅兰芳的演技兼花旦与青衣之技巧，创造了"梅派"独特的"女形"①演员的形象。他原本主修的是青衣，现在的表演也没有脱离青衣的戏路，但也并非完全局限于青衣的技艺。他熔青衣、花旦、刀马旦等诸行为一炉，创造出独特的表演形式与唱腔，世称"梅派"，影响很大。就这一点而言，可以说"梅派"戏剧突破了中国戏剧固有的框框，在许多方面都进行了大胆的创新。梅兰芳不仅创造了"梅派"独特的"女形"形象，还致力于舞台设施简单化的改革，在灯光照明方面突破了中国戏剧固有的规范，在中国戏剧的改良方面，可谓功不可没。

梅派艺术不得不说的另外一大功绩，就是在戏剧表演中恢复了舞蹈元素，使之达到了至臻完美的程度。以前，中国戏剧中有许多舞蹈元素，但后来逐渐丢失了。对此，梅兰芳深感遗憾，在剧目表演中大力恢复舞蹈元素。《思凡》《黛玉葬花》《贵妃醉酒》等剧目就不必说了，在《西施》《霸王别姬》等剧目中也引入了大量舞蹈元素，而这些全都出自他的创意。

就这次演出的情况来看，在幕间休场时，总会看到全体演员列

---

① "女形"：日本对男扮女装演员的称呼。

队在舞台上混声合唱。这也是"梅派"的一种创意，在以前的京剧表演里是没有的。我想，这种创新举措，应该是梅兰芳担任中国戏曲学院院长之后，集思广益而创新的一种演出形式吧。

梅兰芳出身戏剧世家，他的祖父梅巧玲就是著名的昆剧"女形"演员。由于这个原因，他自小就特别努力地练习昆剧。虽说"梅派"艺术指的是京剧——也就是皮黄戏不假，但观众能够体味到它深厚的韵味与难以言状的典雅。而这种"韵味"恰恰就是昆剧所特有的魅力。从中我们能够感觉到，聪慧明敏的梅兰芳先生，正是通过对昆剧的刻苦修习，广博融汇了多方戏剧知识，才能有所成就。

说到这里，我不由得想起了已故的辻听花①先生。他毕业于庆应义塾大学，是著名的京剧研究专家，曾经是日本人在中国办的中文报纸《顺天时报》的记者、剧评主笔。他所撰写的戏剧评论，在当时中国戏迷中好评如潮。现在看来，他是深得飨庭篁村②先生之真谛，绝非如今某些人的剧评文章可比。从他的剧评所涉及的众多戏剧明星的情况来看，确实眼光独到。后来的戏剧大师梅兰芳，也是辻听花当年笔墨所及的优秀演员。我相信，凭着梅兰芳的才能，即便没有辻听花的笔墨宣传，他也同样能够成为中国戏剧界的翘楚。当然，也可以这样认为，正是因为有了辻听花先生的宣传，梅兰芳才有了更多在戏剧界崭露头角的机会吧。也许有人会说，梅兰芳今天的成就与辻听花先生没有关系，只是牵强附会。不过，因着

①　辻听花（1868—1931）：日本明治至昭和前期的中国文学研究家、剧评家。毕业于庆应义塾大学，曾任江苏师范学堂、江南实业学堂教授。1912年被《顺天时报》聘为记者，移居北京，从事京剧研究，并主笔剧评。
②　飨庭篁村（1855—1922）：本名与三郎，日本明治时期著名的小说家、剧评家。

他们之间有这层渊源，说到梅兰芳，就使我想起让听花的名字来，也是无可厚非吧。

改革演员的培养方法，也是梅先生正在从事的一项意义重大的事业，很值得关注。他废除了旧科班的师徒制度，代之以戏剧学校的组织形式。戏剧学校采用初级三年、中级三年、高级两年的学制，能够培养更多的戏剧人才。同时，值得大书特书的是，戏剧学校采用的是完全现代化的教学方式，比起以前那种师傅带徒弟的做法，更加注重团体训练，更加注重演员全面的素质培养。不用说，与旧科班的形式相比，有着极大的优势。当然，这么重大的改革措施的实施，并不是梅兰芳一个人的创意，但他是一个积极的倡导者、一个踏实的推进者。对于这一点，我是坚信不疑的。

古都的榆树、槐树与柳树

一位老奶奶将装满鲜红苹果的筐子放在胡同口，抬起头来央求我买她的苹果。

"多少钱一个？"

我问道。老奶奶满脸笑容地回答道：

"二十个铜子儿吧。"

"那我买两个吧。"

"两个的话，您就付四十六个铜子儿吧。"

"不对吧。不是四十个铜子儿吗？一个苹果二十个铜子儿……"

我有些吃惊。一般来说，多买的话价格要便宜一些，这个规矩我是懂的。可多买价格反而贵，这我就弄不明白了。

"你再算算，确实应该是四十个铜子儿啊。"

我又强调了一遍。

"不错啊，一个是二十个铜子儿，两个的话收您四十六个铜子儿。买两个的人肯定比买一个的人有钱，所以价格就要高一些啊。"

老奶奶很认真地对我说道。我注意到，她既不像是在戏弄我，也不是不想卖给我。相反，看她的神情，倒是想尽快卖掉呢。只是她的卖法，还有她的说法，让人难以接受。

这个悠闲的小故事，发生在战争还没有开始之前的北京。

当时，在北京生活的费用很低，就像是在古代一样悠然自得。这是在日本所不敢想象的。去饭店吃饭也好，去书店买书也好，去裁缝店做衣服也好，都不需要付现钱。每年只要在大年夜、端午节、中秋节之前结算一次就行了，而且也不需要全部结清，只要象征性地付一点，就可以循环往复地把账欠下去。那时，我在北京留学，住着三间房，雇了伙计和女佣，还包了辆人力车，每个月的生活开销也才一百元。而我每个月能够领取三百元的留学费用，怎么花也花不完。我由着性子挥霍，到月底一算账，还是会结余下不少钱。我自己心里明白，像这样宽裕的生活，一生当中大概也仅此一次，绝不可能再有第二回了。

所以，我的晚饭一般都在外面吃。东兴楼、玉华台、鹿鸣春那些一流的餐馆自不必说，还经常跑到西城的"砂锅居"、前门的"正阳楼"、韩家潭的"温成居"那样的特色餐馆去品尝风味独特的佳肴。天天如此，没有间歇。到后来，我都不知道是去北京做学问的，还是去吃美食的了。

此外，只要有空，我就会往景山、中南海公园、太庙、北海公园等地方跑，专找这些风光秀雅的地方溜达。溜达累了就在白松林里找张桌子坐下，饮着香片茶打发时光。不到日落西山，一般不肯起身回家。

春天，蜡梅、海棠花幽香四溢。春夏之际，丁香花满城飘香，牡丹花露出灿烂的笑颜……这些盛开在风和日丽的北京的花儿，默默地展示着自己明艳的姿容，恰似贤淑的女子，令人心旷神怡。从景山上俯瞰北京城，街道被覆盖在茂密的榆树、槐树与柳树的绿荫之中。人们能够看到的，只有故宫屋顶上黄色的瓦片，还有南边遥远天坛屋脊上紫蓝色的瓦当。而在绿色都城的上空，雪白的云朵悠然飘荡。

　　战争爆发之后，随之而来的是急剧的通货膨胀，再想过那种悠然的生活，就是痴心妄想了。不过，都城的风光依然如故：在清冷的春风中盛开，又在呼啸的春风中凋谢的春花，从秋天到隆冬高悬在天空中的冷峻的明月，都一如往常；人们的生活也一如既往，胡同里依旧响彻"磨刀的"敲击铁片招徕顾客的声响，"收旧货的"敲击的鼓声还是那么单调而高亢……

　　可是，人世间已经发生了翻天覆地的变化。这十年来，北京人的生活与城市的面貌不再是当初的样子。东兴楼、玉华台、鹿鸣春等我以前常去的名店，都已经歇业关张。就我的体验而言，如今北京的菜肴远不如以前的美味，绍兴酒的口感也不再似以前那般纯厚。宴席之上，一般是先上绍兴酒，接着再上啤酒、葡萄酒。说实话，啤酒与葡萄酒的口感还不错。说起菜肴，似乎只有烤鸭还是旧时的味道。

　　登上景山俯瞰北京城的风光，令人吃惊的是，城里的景致完全改变了模样。原本在夏季绿荫森森的北京城，如今全都变成了赤裸裸的房舍。为什么会变成现在这个样子呢？据说是因为盖起了许多高楼大厦。从这个意义上讲，北京旧有的景观已经遭到了一些破坏。

我漫步到中南海公园的门口，那里已经禁止平民百姓进入了。听说，如今的中南海改成了政府的办公机关，所以，诸如听鸿楼、流水音等地方，普通市民当然进不去了。

　　以前，我经常去城外的陶然亭散步。那里是一片湿地，人烟稀少，芦苇丛生。春夏之际，能够听到苇莺①和伯劳②的啼鸣，但很少会遇到行人。陶然亭建在一个高坡上，中秋之夜，若是月光皎洁，会有三五个风雅之士聚集这里，饮酒作诗。除此之外，便再无人来了。现在，陶然亭建起了体育活动中心，有游泳池、竞赛场等体育设施，可谓面目一新。我觉得，这是国家为民众做的一件大好事，是与新中国充满活力的氛围相匹配的一道风景。可以这样说，如今的北京已经不再是适合老年人居住的城市了，而是活跃的年轻人的天堂。

　　陶然亭的北面是石评梅女士的墓塚。石评梅英年早逝，当时正处于文学革命时期，她是一位恋爱至上主义者。从前，她作为恋爱故事中的悲剧人物，博得一代又一代年轻人的唏嘘哀叹；而现在，她变成了反封建的时代英雄，被广为赞颂。陶然亭因此成了北京的一大名胜之地。

　　与陶然亭一样荒凉偏僻的地方，还有城北的什刹海。这里是我曾经居住过的地方，因此，我对这里发生的变化更是感慨良多。什刹海原是个大池塘，中部的水面狭窄，两头宽阔。于是，人们便以狭窄的地方为界，将什刹海分成了前什刹海与后什刹海两个部分。

---

① 苇莺：芦苇塘及沼泽地区常见的鸟类。
② 伯劳：一种食肉的小型雀鸟，又名百罗鸟、伯劳头，生性凶猛，是重要的食虫鸟类。

我的住处正巧在那个狭窄的位置上，白墙的影子总是倒映在水中。池畔古柳垂荫，夏季水面开满艳丽的荷花。站在岸边，闻着那沁人心脾的菡萏仙子散发出来的幽幽清香，真是令人心旷神怡。如今，那些莲荷已经不复存在，池塘被疏浚一新，变成了一个碧波荡漾的湖泊。湖畔的道路加宽了一倍，路边还加上了铁栏杆。水面上小舟点点，划船游湖的青年男女喁喁私语，情意绵绵。看着这样的场景，无论如何也想象不出当年什刹海是怎样一派荒芜寂静的景象……

北京正在发生着日新月异的变化。我想，从今往后，应该还会有更大的变化吧。再去看看北京的西郊，那里的变化主要体现在新的创造与新的建设方面。如果不另外行文的话，是无法陈述那里所发生的巨大变化的。

石榴杂记

　　这次来北京度夏，距离我上一次在北京过夏天已经过去了三年。这三年来，北京城的变化真是多得令我难以想象。我有些茫然，那时的北京是那么的幽静，可如今去哪儿还能找到那样的风景呢？待在北京，简直就有一种无处安身的感觉。可随着时间的推移，看着古都七月那染红西方天际的辉煌落日，那高悬在僻静胡同土墙之上的幽幽月影，我似乎又回到了三年之前的北京。哦，也许是一两百年前的北京吧。它仿佛一直在用不变的景致，迎接着来自四面八方的游客。北京人喜欢用这样一个通俗的词语来形容立秋之后的酷热——"秋老虎"。人们将秋天的酷热比喻成"老虎"，实在耐人寻味。然而，今年的"秋老虎"持续时间之长，不得不让人看见这个词语就有一种头疼的感觉。在炎炎的暑热之中，能够使人感到舒适的，莫过于树荫吧，而北京果然到处都是树荫。可以说，北京是这个世界上少见的绿树葱茏的古都。古老的沟渠边和池塘旁茂密的树林，大街两边低垂的绿枝，公园里遮天蔽日的林荫，皇家宫殿森严的参天古树……自古以来，这些都是北京城夏日无可替代的阴凉，是人们读书、午睡、聊天的最佳场所。

不过，在北京，夏天可以用来遮蔽阳光的，远不止树荫。人们栽种丝瓜，让丝瓜延伸藤蔓，形成凉棚。这种做法与日本还真有点相似呢。北京城里的居民，要是没有诸如丝瓜棚、紫藤棚这些设施的话，他们就会搭起很大的遮阳棚，也可以像树林一样遮挡毒辣的阳光。临街的住户，就在人行道与房顶之间拉上绳子，搭建遮阳棚。独门独院的住户，就在院子中间搭设数丈高的遮阳棚，用以遮蔽阳光。人们通常将这样的设施称为"天棚"。躲在天棚幽深的阴影里，就像是躲在水藻下面一样，有一种透心的清凉。可以说，树林与天棚，是北京人度夏不可或缺的两件宝贝。

在北京，有句俗语叫作"天棚鱼缸石榴花"，说的是富裕人家夏天院子里的风景。薄暮时分，在天棚覆盖的院子里，色彩缤纷的金鱼在鱼缸中畅游，火一般艳丽的石榴花开放在院墙里最显眼的地方……这些便是北京夏天最令人心醉的景物。金鱼与石榴花那强烈的色彩，浸润在薄暮时分的光亮里，恰似精美的艺术品熠熠生辉。

"石榴花开红似火"，这是北京民谚对石榴花这种自然景观的一种形象的表述。而我觉得，那似乎并不是开在晴朗天空下的灿烂的石榴花，倒更像是燃烧在微暗天棚之下的点点渔火。这句中国谚语要是用北京话来说，就愈加能够体味到它那浓厚的韵味。

到了七八月份，那些石榴盆栽就会结出硕大的果实。等到家家户户拆除天棚的时候，已是秋风送爽的季节，石榴的果实已是粒粒饱满，晶莹红润，如同红宝石一般散发着诱人的光彩。在我的心目中，北京的石榴就是地地道道的红宝石，这绝非虚妄之言。

　　说起来，中国人极喜欢的玩意之一，就是用宝石制作的花木盆景。现在虽然有许多盆景是用玻璃代替宝石制成的，但看上去也令人赏心悦目。清朝历代帝王所收藏的盆景，里面的花、枝和叶片，全都是用翡翠、玛瑙、水晶、猫眼石、黄玉等材料制成的，其豪华绚丽，实在是无以言表。如今，这些精致的盆景，都在武英殿东侧的厢房里堆放着呢。其中，有一盆虽然不算太大，但确实是用玉石榴、珊瑚叶制作的石榴盆景，玲珑剔透的石榴果，再配上火红的叶子，真是美艳至极。

　　我站在这盆石榴盆景前，看着这些栩栩如生的石榴，想起了西晋文学家张华在《博物志》①中的一段记载："汉代张骞出使西域，得涂林安石国榴种经归，故名安石榴。"那晶莹剔透的果实，就那么冷然凝结，变成了玉石，存放在帝王的宝库之中。也许你会以为这是个幻境，可只要看一看这尊玉石榴、珊瑚叶制成的盆景，你的疑虑自然就会烟消云散。

　　梦幻般的玉石榴、珊瑚叶盆景的存在，将古人制作精巧工艺品的奇古手法、帝王居住的武英殿的浪漫氛围，以及北京这座古都千百年来所酝酿的无穷魅力，全部展现在世人的面前。

　　我也是个"石榴迷"，每每见到石榴那如火如荼的花朵、那晶莹剔透的果实，就会喜不胜喜。我虽然不太明白白居易"钿头银篦击

---

① 《博物志》：晋朝张华所著的一部奇书，共十卷。内容包罗万象，有山川地理知识，有历史人物传说，有奇异草木虫鱼、飞禽走兽，也有神仙方术，可谓熔神话、古史、博物、杂说于一炉。

节碎，血色罗裙翻酒污"诗句中所写的唐代教坊女子身着的"石榴裙"是什么样子，但说到石榴，我便不由得想起明清的诗人喜欢用石榴来作咏物诗。在咏物诗作中，诗人常以葡萄、凤仙花、绣鞋、日暮等为吟咏对象，石榴更是不会缺少的。我曾看到过一些文学评论家的文章，他们认为，明清诗人的咏物诗不值得一读。关于这个论调，我们姑且不论。在此我想说的是，中国人是十分重视将日常生活与艺术创造相结合的。明清以后，中国开始了向近代化迈进的步伐，尤其是咏物诗的兴起，与日本德川时期浮世绘的兴起，可以说有着异曲同工之妙。石榴花的明艳与石榴果的红润，不仅仅是明清咏物诗人们喜欢的题材，更重要的是，人们通过石榴意象，感受到了明清时代的一种韵味。我们不妨设想一下，那是一只装满石榴果实的盘子。即便是再漂亮的宋瓷，与明末清初色泽明艳的回青盘子相比，岂不也黯然失色？

  我还记得在我小时候，从我家所在的麴街去参拜"鬼子母神"①，需要花费一天时间，这可以称得上是一次城郊的远足。听家长说明天要去参拜"鬼子母神"，当天夜里我会兴奋得睡不着觉。这样的情形，我至今依然记忆犹新。我们一群孩子，在家长的带领下，首先进入树林覆盖下的神殿参拜，然后再去路边的饮食店，坐在铺着垫子的长凳上，开开心心地吃烤肉串。回家的时候，还能带回用芒草编织的玩具……

  这样的城郊远足，对于我们这些孩子来说，是多么开心的事情，可是"鬼子母神"的故事，又是那么令人毛骨悚然。这个"鬼

---

① "鬼子母神"：梵文音译为河梨帝母。护法二十诸天之一。又称为欢喜母或爱子母。

子母神"原是婆罗门教中的恶神，护法二十诸天之一，专吃人间的孩子，被称为"母夜叉"。经过佛法的教化，"鬼子母神"又转变成了专司保护儿童的善神。我一直感到不解的一个问题是，传说中石榴果是带有人肉味道的。可是，已经转变为"善神"的"鬼子母神"，却时时刻刻将石榴果捧在手上。这就给人一种印象：他可能是忘不了人肉的味道吧。每每想到这一点，我就觉得毛骨悚然，恐惧感油然而生。人们为什么会把石榴果与人肉联系在一起，如今已经无法查证。但人们能够从甘甜美味的石榴果的汁液联想到人血的颜色，这样非凡的想象力，也太有嗜血性了吧？

在中国人的词典里，"榴开百子"，解释为石榴的果实"多子"。同时，"石榴"与"十六"是同音。总之，石榴果是被中国人当作"吉祥果"来看待的。所以，正月里贴的花簪、窗花，都少不了石榴的图案。

北京人家拆除院子里的天棚的时候，秋日的晴空已是一片深蓝，石榴的果实也已经熟透。在那明媚的秋日阳光的照射下，透过微黄且坚硬的外壳，能够看见石榴果里面那一簇簇暗红色的晶莹颗粒，恰如梦幻般美妙。

"二妙堂"咖啡馆

在北京众多的咖啡馆当中，我最喜欢的，还是位于大栅栏的"二妙堂"。这些年来，北京城里开了许多与东京风格相同的咖啡馆，这样一来，我的同伴们也就差不多忘记自己是身在异国他乡了。可我却相反，正是因为时刻有一种身在异域的感觉，所以才更加钟情于"二妙堂"。

前门外最热闹的地方当数大栅栏。那里相当于东京池之端的仲街①，其长度与宽度也大致相当。不过，大栅栏嘈杂的程度，要远远超出仲街许多倍，也许因为它旁边就是"八大胡同"吧；还有一个原因是，在这块既狭又短的街道上，一溜排着三家戏院。当然了，它的嘈杂，也未必就是"花柳街"和"戏剧街"营业的缘故，因为事实上它从来就没有消停过。所以说，与大栅栏并行的那些街道如

---

① 池之端的仲街：旧时日本东京的地名。

廊房头条等，与之相比，简直可以算是僻静的胡同了。从交通情况上看，那些街道与大栅栏也几乎没有差别，为什么单单就大栅栏那么嘈杂呢？对于这一点，任我怎么想，也还是找不出原因来。那些僻静的街道有一个特点，那就是店铺虽不起眼，可跑堂的女孩都长得很可爱；店面虽小，食物却很精美——就像那些作品写得不错却并不出名的作家一样。

　　"二妙堂"这家店铺位于大栅栏中段北侧，紧挨着庆乐戏院东侧。在北京来说，也是一家很有名的咖啡店。楼下出售糕点之类的食品。进了店堂一直往里走，从狭窄的楼梯登上二楼。楼上的店堂也同样很狭窄，平时没什么顾客，通常也就一两个人吧。躲进二楼，就像与外面的嘈杂隔绝了一样，立时感到清净了许多。我喜欢坐在南侧窗户边上，木然地呆望着杂乱的街景，心里却是充满着欢喜。

　　"二妙堂"的咖啡是印度尼西亚爪哇的苦咖啡，供应的点心也是比中国趣味更胜一筹的西式糕点。说起来，这家店里的食物倒也不是特别的美味，但能够在这么个闹中取静的地方，不受任何打扰地消磨一两个小时，这在如今的东京是绝对不可能的。过去，在日本桥大街边上的"鸿之巢"大厦的楼上，或是药研堀的"梅芳亭"等地方，还能找到几处带有这种情趣的地方，可如今已经再无可能。所以，对于我来说，找一个像"二妙堂"这样能够愉悦身心的去处，实在是梦寐以求。

　　三四月份的北京常常会刮大风。遇上这样的天气，我就会躲开大街上的狂风，飞也似的跑进"二妙堂"的楼上。那块镶着红边的"二妙堂咖啡馆"的招牌，高高地垂挂在二楼的屋檐下，不停地发出"哗啦啦"的声响。可见，北京春天的风沙是多么可怕。而北京的秋天无疑是异常美丽的。因此，我暗暗想，可能有许多人会因为在意北京秋天的美丽，而忽略北京春天的风沙吧？的确，北京春天的风是强劲的。但就是这强劲的风，吹开了满城五颜六色的鲜花，吹遍了满城清新悦目的新绿。这也是北京春天的风所具有的独特魅力。

　　那是一个春风呼啸的午后，我坐在"二妙堂"的窗边，隔着窗户的玻璃，听着风儿吹动店招发出的"哗啦啦"的声响，读完了耿小的①的通俗小说《一锅面》。我一边品尝着苦咖啡，一边抬起头来朝外望去。万里无云的晴空令人心情舒畅，长时间阅读所带来的疲惫顿时一扫而光。伴随着咖啡袅袅的香气，不知从哪里飘来了花的香味，又勾起了我心底一缕伤感的情绪。我无意中回头一看，却见身着便装的京剧女伶新艳秋独自一人坐在对面小憩。我虽然与新艳秋不相识，但还是一眼就认出了她来。她原本是个在天桥卖唱的女艺人，可这几年来，俨然成了誉满京城的名演员。此时的新艳秋，与我平时在舞台上看到的盛装打扮的她完全不同。她一身便装，静悄悄地坐在那里，桌子的一边放着只纸包，好像是她买的东西。我从旁打量，看得出她是个温文尔雅的女子。坐了不一会儿，她就站起身来，悄悄地走了。风还在吹动着店招，发出"哗啦啦"的声响，天空依然晴丽无瑕。我又要了一杯苦咖啡。

　　今年夏天，我再一次访问北京的时候，所有的报刊上都不见了她的名字。听说，她告别舞台已经很久了，而且私人生活也非常不幸。听完这些情况，我也只能默然无语。在那之后，每当想起那个

---

① 耿小的：又名耿郁溪、耿晓的、耿晓堤，京味儿小说家，20世纪三四十年代是他的创作高峰，著有《滑稽侠客》《时代群英》《一锅面》《六君子》等。

春风呼啸的下午，在"二妙堂"的楼上静静小憩的新艳秋的身影时，比起爪哇咖啡还要苦涩的滋味，就会悄然涌上我的心头。

我与新艳秋并不相识，可我认识当时与新艳秋齐名的京剧女伶陆素娟，她也曾经到我位于南池子的家里做过客。回到东京后，我总想着要给她写信，可最终还是由于我的懒惰而作罢。当我今年夏天再来北京时，却意外听到她已经去世的噩耗，令我万分愕然。现在回忆起来，陆素娟最辉煌的时期，当属她与当时最负盛名的京剧名角杨小楼联袂出演《霸王别姬》时饰演的虞美人一角吧。原本以为，既然与名角杨小楼搭档演戏了，今后的演艺生涯会比较顺利，谁知天有不测风云。看来她的生活并不幸福。我不清楚她南下的原因，想必是遇到了什么麻烦吧。她那如今也该有六七岁的可爱的女儿，就这么失去了慈祥的母亲，又该是怎样一种景况呢？我还记得，当时她女儿患有中耳炎，她每天都心急火燎地往东单三条的同仁医院跑。女儿治愈的那天，她站在开满菊花的院子里，开心地说道："这下可好了！"美丽的脸庞上散发出热情的光彩。那是一位多么喜悦的母亲，多么慈爱的母亲啊！

"二妙堂"的夜晚，听着大街上人力车嘈杂的铃声响成一片，当中还夹杂着铜锣与胡琴的声响，一直到夜深都不散。大栅栏的夜景，给人一种充满生气的感觉。那是因为与"花柳街"紧挨着的是"戏剧街"，有"庆乐""广德"和"三庆"三家戏院。在新艳秋、陆素娟离开之后，北京的女伶界依旧盛况空前。王玉蓉[①]、吴素秋、

---

① 王玉蓉（1913—1994）：女，京剧表演艺术家，京剧旦角演员，艺宗"程派"。

166

言慧珠等，都将优秀的二牌老生①笼络到自己的麾下，俨然一副"大老板"的派头。由于她们出色的表演，每当夜晚，大栅栏一带就洋溢着一种特别艳媚的氛围。老戏迷们慨叹道：优秀的二牌老生们拜在美貌女伶的门下，心甘情愿地听从她们的使唤，真是京剧界的一大悲哀啊。然而，那些女伶的命运，也不过如同北京春天的花儿一般，匆匆地开放，又匆匆地凋谢。

我真的很想待在安静的"二妙堂"楼上，一边胡思乱想，一边饮用爪哇苦咖啡。我多么想再坐在"二妙堂"楼上的窗口，望着对面中药房三层楼房上那闪烁的霓虹灯光，再看看它旁边的西服店进进出出的人群，听着戏剧的唱段，轻轻松松地消磨一个下午的时光啊。

现在，想必那朝南的窗口，白天在阳光的照射下，一定非常温暖吧。二楼上那个总爱打瞌睡的小伙计，还是整天迷迷瞪瞪的吗？不用说，我对"二妙堂"的念念不忘，完全来自对北京深切的思恋之情。

---

① 二牌老生：也是正工老生，只是不挑班，给挑班的角儿唱前边的戏，或与头牌唱对戏。

絮语《赵子曰》

　　如果有人问起现代中国文学的精神特征的话，我会毫不犹豫地回答：那就是中国文学家们在混沌之中苦苦寻求光明的过程。我们从鲁迅笔下的阿Q这个人物身上，就能真切地感受到这一点。毫无疑问，阿Q是中国国民性的象征，这一点已经得到了世人的广泛认同。可是，阿Q的死究竟暗示了什么？这不太会引起人们的注意。阿Q的"精神胜利法"，非但没有使他的精神世界得到任何升华，反而一步步将他带入彻底绝望。他是社会最底层的贫民，不可能像知识阶层那样有意识地自我反省，也缺乏适应社会环境的能力，便只好以"精神胜利法"来立命处世。而"精神胜利法"所带来的后果，就是阿Q很快死亡。在鲁迅笔下，随着象征中国国民性的阿Q的肉体的死去，他所代表的一切顽劣的东西也都一并死去了。这如同火炬一般，闪耀着鲁迅对未来中国光明前途的殷切期望。扬弃一切旧的事物，催生新的中国的强烈愿望，是国民革命理念的一条主线。

作为这个时代的文学，当然也不可能背离这一潮流。这是当代中国文学的特点，或者说，也是我们把握与理解当代中国文学的关键所在。我们研究五四运动以来的中国文学，就能从中发现这样的特点，具有十分鲜明的现代意识。

有人认为，当代中国的文学是贫乏的，我也不一概否定这样的说法。但是，如果他们所说的这种"贫乏"，是与早已为我们所熟悉的、犹如夜空中璀璨星群般光灿夺目的古典文学相比较的话，我不得不就某些方面提出抗议。不管怎么说，当代中国文学的现代意识的觉醒，是在摆脱旧有束缚的前提下走出的一条解放之路。所有的文化活动，都是在国民革命理念的轨道上运行的。因此，它的许多要素都可以归结到全新的文学范畴，是绝不能用旧文学的传统来衡量的。那么，前面所说的"我也不一概否定"的"贫乏"，指的又是什么呢？那就是我们还不能断言，当代中国文学在与世界文学的比较中，就一定处于劣势的地位。当然，我不能否认，当代中国的新文学运动，与日本明治以来的新文学一样，在许多方面是受西方文学的影响与启发而逐渐发展起来的。尽管中国的语言在表述的过程中会给人很古老的感觉，但当代中国文学的生命力是十分年轻的，是蓬勃向上的。在中国当代作家中，《赵子曰》的作者老舍，就是很不"贫乏"的一位作家。在鲁迅逝世之后的中国文坛上，我最推崇老舍与沈从文这两位作家。同时，我认为，老舍的《赵子曰》，在他所有的作品中，可以说是首屈一指的优秀作品。

在创作这部小说作品的时候，老舍是抱着什么样的意图，他又是怎样凝练自己的构思的？所幸，在他1937年出版的散文集《老牛破车》中有一篇《我怎样写〈赵子曰〉》的文章，记录了他创作《赵子曰》这部作品的甘苦。这使我进一步加深了对他创作意图的理解。老舍在文章中是这样写的：

　　我只知道《老张的哲学》[①]在《小说月报》[②]上发表了，和登完之后由文学研究会出单行本。至于它得了什么样的批评，是好是坏，怎么好和怎么坏，我可是一点不晓得。朋友们来信有时提到它，只是提到而已，并非批评；就是有批评，也不过三言两语。写信问他们，见到什么批评没有，有的忘记回答这一点，有的说看到了一眼而未能把所见到的保存起来，更不要说给我寄来了。我完全是在黑暗中。

　　不过呢，自己的作品用铅字印出来总是件快事，我自然也觉得高兴。《赵子曰》便是这点高兴的结果，也可以说《赵子曰》是"老张"的尾巴。自然，这两本东西在结构上、人物上、事实上，都有显然的不同；可是在精神上实在是一贯的。没有"老张"，绝不会有"老赵"。"老张"给"老赵"开出了路子来。在当时，我既没有多少写作经验；又没有什么指导批评，我还没见到"老张"的许多短处。它既被印出来了，一定是很不错，我想。怎么不错呢？这很容易找出；找自己的好处还不容易么！我知道"老张"很可笑，很生动；好了，照样再写一

① 《老张的哲学》：1926年老舍首部小说作品，描写了20世纪20年代前后北京各阶层市民的生活及思想感悟。
② 《小说月报》：近现代文学期刊，1910年7月创刊于上海，由商务印书馆主办印行。初由恽铁樵、王莼农主编。1921年1月，该刊从第12卷第1期起由茅盾主编，成为文学研究会机关刊物，也成为倡导"为人生"的现实主义文学的重要阵地。

本就是了。于是我就开始写《赵子曰》。

材料自然得换一换："老张"是讲些中年人们，那么这次该换些年轻的了。写法可是不用改，把心中记得的人与事编排到一处就行。"老张"是揭发社会上那些我所知道的人与事，"老赵"是描写一群学生。不管是谁与什么吧，反正要写得好笑好玩；一回吃出甜头，当然想再吃；所以这两本东西是同窝的一对小动物。

可是，这并不完全正确。怎么说呢？"老张"中的人多半是我亲眼看见的，其中的事多半是我亲身参加过的；因此，书中的人与事才那么拥挤纷乱；专凭想象是不会来得这么方便的。这自然不是说，此书中的人物都可以一一地指出，"老张"是谁谁，"老李"是某某。不，绝不是！所谓"真"，不过是大致地说，人与事都有个影子，而不是与我所写的完全一样。它是我记忆中的一个百货店，换了东家与字号，即使还卖那些旧货，也另经摆列过了。其中顶坏的角色也许长得像我所最敬爱的人；就是叫我自己去分析，恐怕也没法做到一个萝卜一个坑儿。不论怎样吧，为省事起见，我们暂且笼统地说"老张"中的人与事多半是真实的。赶到写《赵子曰》的时节，本想还照方抓一剂，可是材料并不这么方便了。所以只换换材料的话不完全正确。这就是说：在动机上相同，而在执行时因事实的困难使它们不一样了。

在写"老张"以前，我已做过六年事，接触的多半是与我年岁相同和中年人。我虽没想到去写小说，可是时机一到，这六年中的经验自然是极有用的。这成全了"老张"，但委屈了

《赵子曰》，因为我在一方面离开学生生活已六七年，而在另一方面这六七年中的学生已和我做学生时候的情形大不相同了，即使我还清楚地记得自己的学校生活也无补于事。"五四"把我与"学生"隔开。我看见了五四运动，而没在这个运动里面，我已做了事。是的，我差不多老没和教育事业断缘，可是到底对于这个大运动是个旁观者。看戏的无论如何也不能完全明白演戏的，所以《赵子曰》之所以为《赵子曰》，一半是因为我立意要幽默，一半是因为我是个看戏的。我在"招待学员"的公寓里住过，我也极同情于学生们的热烈与活动，可是我不能完全把自己当作个学生，于是我在解放与自由的声浪中，在严重而混乱的场面中，找到了笑料，看出了缝子。在今天想起来，我之立在五四运动外面使我的思想吃了极大的亏，《赵子曰》便是个明证，它不鼓舞，而在轻搔新人物的痒痒肉！

有了这点说明，就晓得这两本书的所以不同了。"老张"中事实多，想象少；《赵子曰》中想象多，事实少。"老张"中纵有极讨厌的地方，究竟是与真实相距不远；有时候把一件很好的事描写得不堪，那多半是文字的毛病；文字把我拉了走，我收不住脚。至于《赵子曰》，简直没多少事实，而只有些可笑的体态，像些滑稽舞。小学生看了能跳着脚笑，它的长处止于此！我并不是幽默完又后悔；真的，真正的幽默确不是这样，现在我知道了，虽然还是眼高手低。

此中的人物只有一两位有个真的影子，多数的是临时想起来的；好的坏的都是理想的，而且是个中年人的理想，虽然我那时候还未到三十岁。我自幼贫穷，做事又很早，我的理想永远不和目前的事实相距很远，假如使我设想一个地上乐园，大概也和那初民的满地流蜜，河里都是鲜鱼的梦差不多。贫人的空想大概离不开肉馅馒头，我就是如此。明乎此，才能明白我为什么有说有笑，好讽刺而并没有绝高的见解。因为穷，所以做事早；做事早，碰的钉子就特别的多；不久，就成了中年人的样子。不应当如此，但事实上已经如此，除了酸笑还有什么办法呢？！

前面已经提过，在立意上，《赵子曰》与"老张"是鲁卫之政①，所以《赵子曰》的文字还是——往好里说——很挺拔利落。往坏里说呢，"老张"所有的讨厌，"老赵"一点也没减少。可是，在结构上，从《赵子曰》起，一步一步的确是有了进步，因为我读的东西多了。《赵子曰》已比"老张"显着紧凑了许多。

这本书里只有一个女角，而且始终没露面。我怕写女人；平常日子见着女人也老觉得拘束。在我读书的时候，男女还不能同校；在我做事的时候，终日与些中年人在一处，自然要假装出稳重。我没机会交女友，也似乎以此为荣。在后来的作品中虽然有女角，大概都是我心中想出来的，而加上一些我所看到的女人的举动与姿态；设若有人问我：女子真是这样么？我没法不摇头，假如我不愿撒谎的话。《赵子曰》中的女子没露面，是我最诚实的地方。

这本书仍然是用极贱的"练习簿"写的，也经过差不多一

①　鲁卫之政：出自《论语·子路》："鲁卫之政，兄弟也。"鲁是周朝周公的封国，卫是周公之弟康叔的封国。比喻情况相同或相似。

年的工夫。写完，我交给宁恩承兄先读一遍，看看有什么错儿；他笑得把盐当作了糖，放到茶里，在吃早饭的时候。

    我将老舍的《我怎样写〈赵子曰〉》与作品《赵子曰》对照起来读，感觉到了其中无穷的乐趣。在这篇文章中，作者反复强调的人物原型以及与《老张的哲学》这本书做比较，其实并不是不可缺少的内容。我想，也可能是作者随笔写就的，也可能是出于他细腻缜密的思考。他在文章中说自己是个"旁观者"，是个"看戏的"。这样的说法可能是他对这部长篇小说所做的最恰当的解释吧。中国的旧小说、旧戏曲，都会在卷首用很长的篇幅介绍"读法"。假如说新小说也有什么"解题""读法"之类的东西的话，我认为，《赵子曰》中那句"看戏的"就是。老舍说自己在五四运动中完全是个旁观者，对学生们的所思所为并不清楚。他可能把自己的这种状况直接移植到了小说主人公赵子曰的身上。也就是说，小说作品中的赵子曰虽然很活跃，但说到底，他只是欧阳天风、李景纯、武端、莫大年、王灵石①等人表演的戏剧的一名观众。不过，他不是坐在观众席上看戏的观众，他已经登上了舞台，并且扮演着一个很重要的角色。可奇怪的是，他给人们留下的印象并非是一个重要的演员，而仅仅是无数观众当中的一员。换言之，作者不知不觉地就把自己当初在学生运动中处于旁观者的那种状态，投射到了小说人物赵子曰的身上。

    这部小说从结构来看，很明显分前后两个部分。前半部写得风趣幽默，但随着故事的发展，进入后半部之后，开始变得严肃起

---

① 均为老舍小说《赵子曰》中出场的人物。

174

来，不复之前的幽默，但文采依然活跃。故事的氛围逐渐凝重起来，从中我们能够体味到主人公心理上的巨大变化和局势的错综复杂。作者的聪明之处还在于，他先以轻松的讽刺和幽默来吸引读者，然后不知不觉地沿着悲剧这座高塔的台阶，一步步往上攀登。当读者发觉这种变化的时候，已无路可退。他就是这样无声无息地领着读者往前走，脚底下不觉已是一片漆黑。但是，走着走着，忽然从遥远的塔顶的窗户中，看到了一小片晴朗的天空。这时，读者的心里才算是松快了下来，而小说也结束了。不错，读者确实是在黑暗中行走着，但上方总归还有一个小窗户，还能够看到一方蓝色的天空，所以，人们也就觉得行进的脚步轻松了一些。这部长篇小说的最后，写了李景纯的死。李景纯死后，赵子曰、莫大年、武端三人道别，说道："咱们有缘再会。"整个故事就结束了，至此，读者也可以毫不留恋地与这三个人说再见了，心情又是何其轻松！不过，读者也一定会用"蜀道难，难于上青天"，来预测他们三人今后的人生道路吧。要是用一句更古老的话来发一发感慨的话，那就该是"风萧萧兮易水寒"了吧。也就是说，作者在赵子曰、莫大年和武端三个人人生道路的新起点这个问题上，也是期待能引起读者共鸣的。我以为，这就是我在文章开头提到的"现代中国文学的精神特征"的一个具体体现。

无疑，五四运动是中国新生的催生剂。当时的年轻知识阶层确立了明确的目标，团结一致向前进。但是，现实告诉我们，他们的道路并非一帆风顺，陷入迷茫也是常有的；不过，在这迷茫中也有新芽萌生，展现新的希望……正是在这样迷茫与求索交替的过程中，诞生了现代中国新的知识阶层。小说《赵子曰》就是通过描写从迷茫、踌躇、混乱的现实生活之中脱颖而出的真挚与热情，引起了人们极大的兴趣。作品中的李景纯，虽然有过于理想化之嫌，但他是一个象征，是从当初的"迷茫"中生长出来的"新芽"的象征。

作者老舍 1899 年出生于北京。1913 年就读于京师第三中学，同年考取公费的北京师范学校。1924 年赴英国，任伦敦大学亚非学院讲师。1930 年回国任齐鲁大学教授，边写作边教学。1934 年任山东大学文学系教授。1936 年辞去山东大学教授，专心从事写作。老舍作品的特色之一，就是写作用的都是轻妙流畅的地道北京话，他的作品所描写的，都是北京的风物与北京市井的生活。这部被称为"京津小说"的《赵子曰》，引领读者走进北京夜晚那暗蒙蒙的胡同里，去听"货郎们"高亢的叫卖声，去看季节的转换与人事的变化。作者在他的作品中，将他居住的北城一带的风景娓娓道来：冬天凛冽的寒风卷起沙尘，悄然飘落的雪花静静堆积……从钟鼓楼到北新桥胡同……在他细腻的笔致下，都呈现出极其生动而别致的异彩。

图书在版编目（CIP）数据

北京那些事儿／〔日〕奥野信太郎著；王新民，
林美辰译．—上海：上海三联书店，2021.4
（洋眼看中国）
ISBN 978-7-5426-7330-5

Ⅰ.①北… Ⅱ.①奥… ②王… ③林… Ⅲ.①随笔—
作品集—日本—现代 Ⅳ.① I313.65

中国版本图书馆 CIP 数据核字（2021）第 023767 号

北京那些事儿

著　　者 ／	〔日〕奥野信太郎
译　　者 ／	王新民　林美辰
责任编辑 ／	程　力
特约编辑 ／	蔡时真
装帧设计 ／	鹏飞艺术　周　丹
监　　制 ／	姚　军
出版发行 ／	上海三联书店
	（200030）中国上海市漕溪北路 331 号 A 座 6 楼
邮购电话 ／	021-22895540
印　　刷 ／	三河市中晟雅豪印务有限公司
版　　次 ／	2021 年 4 月第 1 版
印　　次 ／	2021 年 4 月第 1 次印刷
开　　本 ／	640×960　1/16
字　　数 ／	103 千字
印　　张 ／	12

ISBN 978-7-5426-7330-5/I · 1687

定　价：46.00元